W0264556

LE MASQUE
Collection de romans d'aventures
créée par
ALBERT PIGASSE

La Mort à Frisco

Michael Nava est avocat au barreau de San Francisco. Depuis 1981, il mène à travers ses romans un combat résolu pour l'amélioration des conditions de vie de ses frères de chair et de sang. « J'essaie, dit-il, de peindre la réalité d'une Californie multi-ethnique, multiraciale et multi-sexuelle. J'évolue dans un monde d'une grande et riche diversité et je m'efforce de le décrire avec le plus de vérité possible. » Son double de fiction, Henry Rios, incarne à l'évidence la réussite de cet engagement.

DU MÊME AUTEUR
AUX ÉDITIONS DU MASQUE

Un garçon en or
L'Enfance du crime
La Loi cachée

Michael Nava

La Mort à Frisco

Traduit de l'anglais (États-Unis) par Pascal Loubet

ÉDITIONS DU MASQUE
17, rue Jacob, 75006 Paris

Titre de l'édition originale :

The Little Death

© Michael Nava, 1986, 2001
et Éditions du Masque, département des éditions Jean Claude Lattès, 2004.
pour la traduction française.

Je remercie Paul Gillette, sans qui je n'aurais pas terminé ce livre, ainsi que les habitués du mercredi soir — *in vino veritas.*

Pour Bill.

Préface
à l'édition du quinzième anniversaire

J'ai commencé à écrire *La Mort à Frisco* à l'été 1980, juste après mon diplôme à Stanford, pendant que je préparais l'examen du barreau. Je travaillais à la prison de Palo Alto, en Californie, située, tout comme celle du roman, au sous-sol du palais de justice. Ma tâche consistait à interroger les prévenus juste après leur mise en détention, afin de décider s'ils devaient être relâchés sur caution personnelle ou gardés à vue en attendant le juge. Je travaillais de 10 heures à 18 heures.

Palo Alto est une ville universitaire aisée, sans délinquance sérieuse, et mes seuls clients étaient souvent des conducteurs en état d'ivresse, un cambrioleur maladroit ou une malheureuse prostituée. J'avais beaucoup de temps libre. Les policiers de la prison se souciaient peu de quelqu'un dont le travail consistait à faire libérer des détenus, et dédaignaient mes tentatives pour nouer avec eux des relations amicales.

Comme toujours, je me retrouvais à mon bureau dans le coin d'une petite pièce avec une pile de dossiers devant moi et l'imminence de l'examen. Cependant, après trois ans d'études, je ne parvenais toujours pas à étudier la loi sur la perpétuité, les dix-huit exceptions à la loi sur la déposition sur la foi d'autrui, ou les tenants et aboutissants de la clause *ex post facto*. Au bout d'un moment, je me mis à rédiger ce que je voyais et entendais. Ces descriptions finirent par donner naissance au début de l'histoire qui allait devenir ce livre.

Ces griffonnages littéraires étaient une habitude tellement ancrée en moi qu'ils en étaient presque inconscients. J'ai composé mon premier poème à huit ans. Dès l'âge de douze ans, j'écrivais presque tous les jours, consignant tout ce que je n'osais pas dire sur la découverte de mon homosexualité. J'avais choisi au départ la poésie car c'est un langage codé qui convenait à mon propos : je pouvais exprimer mes angoisses d'adolescent sans en préciser la cause.

J'ai fait mon *coming-out* à dix-sept ans et je me suis progressivement accoutumé à cette mystérieuse différence qui semblait faire de moi un être à part. Au fur et à mesure, je passais petit à petit des vers à la prose, et je commençais à penser qu'être homosexuel était peut-être un sujet sur lequel il valait la peine d'écrire.

Lorsque j'ai commencé à prendre les notes qui allaient devenir ce livre, j'avais vingt-quatre ans, je vivais avec un homme charmant (Bill Weinberger, auquel ce livre est dédié), et tous ceux qui comptaient pour moi étaient au courant de mon homosexualité. Quand j'ai envisagé sérieusement de faire de ces notes un roman, il m'est apparu évident que le narrateur, encore anonyme à l'époque, devait être ouvertement homosexuel.

Mais pourquoi un roman policier plutôt qu'une œuvre semi-autobiographique ? C'était dû à l'époque et à mon tempérament. À la fin des années soixante-dix, l'univers de la fiction homosexuelle était dominé par un groupe d'écrivains new-yorkais dont les œuvres décrivaient le demi-monde très fermé des homosexuels de Manhattan.

Bien que qualifiés d'écrivains « post-Stonewall », ils appartenaient en réalité à une génération précédant ceux d'entre nous qui ont fait leur *coming-out* à la fin des années soixante-dix, et il est très net que les attitudes et opinions développées dans leurs romans ne sont pas libérées. Il n'y a qu'une infime différence entre les homosexuels maudits du *Danseur de Manhattan* d'Andrew Holleran (1978) et le prostitué maudit de *Cité de la nuit* de John Rechy (1963). Les uns comme les autres souffrent de haine de soi, d'une sexualité compulsive et d'irresponsabilité morale.

Je n'ai pas réussi à reconnaître dans les pages du livre d'Holleran, dans celles d'Edmund White ou de Larry Kramer quoi que ce soit qui ressemble, fût-ce de loin, à ma vie. J'étais gay, c'est vrai, mais j'étais aussi un Californien de la troisième génération, issu d'une famille ouvrière américano-mexicaine, en pleine ascension sociale, mais moralement sérieux, déterminé à me faire une meilleure place dans le monde que mes parents m'avaient offert, mais sans compromettre mes idéaux. Être homosexuel ne me tourmentait pas, et je savais ce que je voulais : non pas des aventures sexuelles, mais de l'amour, quelqu'un qui partage ma vie. Je cherchais une manière de vivre, pas un ghetto gay où me réfugier, et dans cette quête, aucun des écrivains gays à la mode — habitants du ghetto — ne m'a jamais servi.

Un seul écrivain, Joseph Hansen, a créé un personnage homosexuel vivant dans le monde au sens large avec courage, sinon facilité. Avec *À fleur de peau* (*Skinflick*), dans les années soixante-dix, Joseph Hansen inaugurait une série policière mettant en scène un enquêteur d'assurances, David Brandstetter. Brandstetter était non seulement ouvertement gay, mais d'une virilité tranquille, compétent dans son travail, rempli de compassion, même pour ceux qui le méprisaient, et enfin, romantique. Tout cela faisait de lui un admirable héros et de son créateur un écrivain exceptionnel qui, en outre, a décrit la Californie avec un amour aussi profond que le mien pour cette région. Les romans d'Hansen m'ont également montré que le genre policier pouvait traiter des questions plus vastes de moralité et de justice tout en brossant le tableau de l'existence contemporaine. J'ai également pensé qu'écrire un policier me permettrait de vaincre l'obstacle démesuré qu'affrontent tous les auteurs dans leur premier roman : inventer une intrigue. En écrivant *La Mort à Frisco*, j'ai appris les rudiments de mon métier comme jamais je n'en aurais eu la possibilité en rédigeant un livre plus proche de ma vie réelle.

Il m'a fallu quatre ans pour le terminer. Entre-temps, Bill et moi avions déménagé à Los Angeles, où j'exerçais comme procureur. Des fragments de cette expérience se sont insinués dans le roman, et au fur et à mesure, mon narrateur anonyme a trouvé son nom : Henry Rios. J'ai également découvert un atelier d'écriture dirigé par Paul Gillette, merveilleux professeur doté d'une grande générosité et dénué de prétention, qui m'a guidé jusqu'à la version finale.

Le livre a été terminé en août 1984. Treize éditeurs l'ont refusé avant que Sasha Alyson l'accepte avec enthousiasme. Le livre a connu assez de succès pour que Sasha me demande une suite. Je n'avais jamais eu l'intention d'écrire une série, mais le personnage et les possibilités du policier m'intéressant encore, j'ai écrit *Un Garçon en or*[1] et je suis donc devenu un auteur de policiers.

J'ai débuté presque par inadvertance ma carrière de romancier, mais mon association avec Rios pendant les dix-sept années suivantes s'est révélée l'une de mes plus durables relations. Sans le vouloir, j'en suis arrivé à rédiger la chronique de l'existence d'un homme qui n'est pas loin de mes contemporains gays. Et ce faisant, j'ai peut-être aussi également écrit une sorte d'autobiographie spirituelle.

Michael Nava
San Francisco
Mars 2001

1. À paraître au Masque en octobre 2002.

La Famille Linden

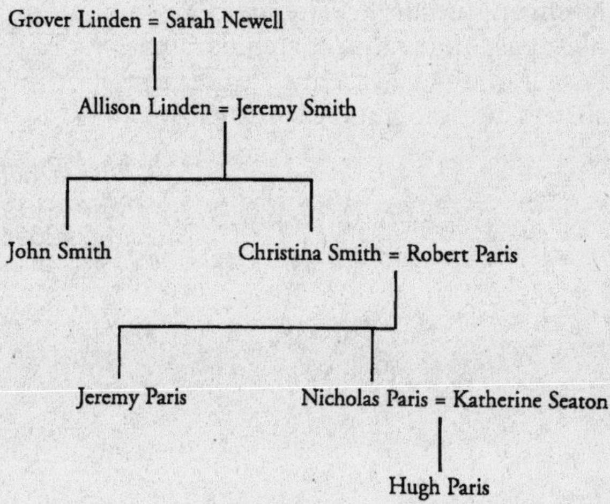

1

J'attendis dans le sas pendant que la porte en acier coulissait avec un bruit métallique, puis j'entrai dans la prison. Au mur, un panneau ordonnait aux détenus de ne pas avancer au-delà. Plus précis, quelqu'un avait griffonné sous l'inscription : STOP. J'obéis donc et levai le nez vers le miroir au-dessus du panneau, où je vis un homme mince aux cheveux bruns, vêtu d'un costume en seersucker fripé : moi-même. Je rectifiai mon nœud de cravate sous l'œil d'une caméra qui transmit mon geste à un écran dans le bureau du greffe.

Il était 6 heures et demie du matin, mais la prison était aussi bruyante qu'à 6 heures et demie du soir. Elle était située dans le sous-sol du tribunal, évidemment sans fenêtres, avec des néons d'un blanc aveuglant qui bourdonnaient au plafond. C'est là que les détenus faisaient leur temps — un temps qui n'en finissait pas de passer, malgré l'absence de jour et de nuit. Les seuls repères étaient les repas et la relève des matons.

Je m'écartai devant un prévôt de quartier qui courait, chargé de plateaux. Ce matin-là, dernier jour de juillet, le petit déjeuner se composait de porridge, salade de fruits en boîte, lait et café Sanka.

Jones sortit de la cuisine et me salua d'un bref hochement de tête. Il s'était fait de petites tresses et son tablier était maculé de porridge. Cambrioleur et indic, il craignait par-dessus tout de comparaître et d'être condamné à purger sa peine à la prison d'État de Folsom. Plusieurs de ses ex-complices s'y trouvaient — grâce à ses bons offices.

On venait de m'accorder un report d'audience de soixante jours. Notre stratégie était de faire traîner son dossier le plus longtemps possible : ainsi, forcé de plaider coupable, il éviterait Folsom, car son temps à la prison du comté serait déduit de sa peine.

Les services du district attorney se montraient conciliants : la moindre des choses était de lui accorder la prison du comté — il se la coulerait douce, comme disaient les détenus. Elle était relativement peu peuplée et les gardiens bienveillants. D'un autre côté, j'y retrouvais la même puanteur que dans toutes les autres. Un mélange complexe d'ammoniaque, de crasse, relents de latrines, linge sale et tabac froid ajouté à une mauvaise ventilation et une odeur de sexe, musquée et caractéristique. Les murs vert pâle étaient noircis et éraflés. Curieusement, le sol était impeccable. Les prévôts de quartier s'en occupaient constamment. Pour tuer le temps, sans doute.

Au Bureau de la Défense Publique, tout le monde évitait les visites des prisons. Le temple de la loi était bâti sur la misère humaine et les prisons en constituaient les clés de voûte. La prison me gênait moins que les autres : je ne la trouvais — psychologiquement, du moins — guère différente d'un tribunal. Quand on passe du crime au châtiment, on attend surtout que le dossier avance.

Mais la prison, c'était quelque chose de bien différent de la somptueuse salle de cours de la fac, à quelques kilomètres de là, où j'avais terminé mes études dix ans plus tôt, décidé à être un type bien et à faire le bien. J'avais réussi au moins l'un des deux.

J'étais un bon avocat, et le plus souvent, cela me suffisait. Cependant, je sentais bien que je me réfugiais derrière ma profession, un sentiment étrange vu la quantité de souffrance humaine que j'affrontais. Ce rôle me permettait de fuir ce qui m'était devenu étranger — sans doute rien de plus que mon lot de petites souffrances quotidiennes.

J'entrai dans le bureau de permanence, une petite pièce blottie au fond d'un couloir où l'on se serait presque entendu penser. Je pris une pile de paperasses, procès-verbaux d'arrestations et de mise en détention — la récolte de la veille. L'habituel assortiment de vagabondages, conduites en état d'ivresse, deux vols, une violation de propriété.

Le cas le plus grave était un vol avec effraction, commis par deux hommes, et j'y consacrai mon attention. Ils avaient été vus en train de forcer une voiture sur le parking d'un restaurant mexicain d'El Camino et la police avait récupéré un plein coffre d'autoradios aux câbles arrachés. Les deux suspects, des Noirs d'une vingtaine d'années, possédaient des casiers assez chargés pour réveiller le bourreau qui sommeille dans un juge. Je rassemblai mes dossiers et me rendis au greffe.

— Bonjour, Henry, fit Novack d'une voix traînante en levant le nez des pages sport.

Visage rondouillard, teint pâle, fine moustache et une bouche figée dans un petit sourire perpétuel, Novack nous traitait, moi et tous les autres civils, avec le même mépris paresseux, sans pour autant m'en vouloir d'être un avocat. Cela faisait de nous des amis, en quelque sorte.

— Bonjour, shérif, répondis-je.

— On a eu un petit peu d'animation ici, hier soir, dit-il en repliant son journal. Les gars de Los Altos nous ont amené un type ivre — enfin, c'est ce qu'ils croyaient, en tout cas — et il a fallu s'y mettre à trois pour le maîtriser.

— Il avait pris quoi ?

— Eh bien, comme on a trouvé des *sherms* sur lui, une fois qu'on a réussi à le déshabiller et le flanquer en cellule, ça devait être du PCP.

— Pourquoi n'ai-je pas vu son PV d'arrestation ?

— On ne pouvait rien faire tant qu'il s'était pas assez calmé pour parler. Voilà ses papiers.

— Et où est-il, maintenant ? demandai-je en les prenant.

— Dans la cellule de dégrisement, avec les folles. C'est une fiotte.

— Ce n'est pas un crime, lui rappelai-je.

— Heureusement que non, sinon, faudrait qu'on facture l'hébergement, avec tout ce qu'on a chez nous.

Je lus le rapport. Le suspect s'appelait Hugh Paris, un mètre soixante-dix-sept, blond, yeux bleus. Il refusait de donner son adresse et de répondre aux questions concernant sa famille ou son employeur. Pas de casier. J'examinai la photo prise lors de l'arrestation. Il avait les cheveux dans la figure et un strabisme divergent, mais il n'y avait pas à dire, il était d'une beauté exceptionnelle.

— Comment savez-vous qu'il est gay ?

— Il s'est fait ramasser devant un bar de pédés à Cupertino.

— Consommation et détention de PCP, refus d'obtempérer et voies de fait sur un agent de la force publique. Eh bien dites donc, celui qui l'a arrêté a choisi l'assortiment au hasard dans le code pénal, ou quoi ? (Novack se rembrunit.) Quelqu'un a été blessé ?

— Quelques égratignures, maître.

— Un médecin l'a examiné pour déterminer s'il était drogué ?

— Non.

— Vous lui avez demandé de faire une analyse d'urine ?

— Non.

— Tout ce que vous pouvez donc prouver, c'est la détention de drogue.

— Eh bien, ce sera sûrement une question d'interprétation entre vous et le DA. Vous voulez voir le mec ?

— Je vais aller lui parler. Mais avant, je veux voir ces deux-là, dis-je en lui donnant le nom des voleurs.

Je les interrogeai séparément. Les deux types avaient l'air de s'ennuyer, mais ils coopérèrent : ils connaissaient le système aussi bien que moi. Comme ils n'avaient aucune stratégie de défense, le mieux pour moi était d'essayer de plaider quelque chose de moins grave qu'un vol.

J'avais remarqué que les récidivistes étaient les cas les plus faciles, ils traitaient leur avocat avec une sorte de courtoisie professionnelle.

Tout ce qu'ils voulaient, c'était conclure un marché. Il n'y avait que les casiers vierges pour prendre la peine de clamer leur innocence. Les interrogatoires terminés, je retournai au greffe et me servis une tasse du café de Novack. Je lui balançai un *quarter* et demandai à voir Hugh Paris.

On me l'amena menotté et vêtu d'une tenue de prisonnier tellement grande qu'elle lui tombait des épaules et cachait presque ses pieds nus. Son regard était clair, mais il avait encore les cheveux en bataille. Il m'évoqua l'image d'un saint emmené au martyre, que j'avais vue étant petit. Dans les yeux de Hugh Paris brillait une étincelle de pureté totalement incongrue. Le surveillant le fit asseoir en face de moi. Je sortis mon bloc et le posai sur la table, puis me présentai : Henry Rios, du Bureau de la Défense Publique.

— Un avocat ? demanda-t-il d'une voix pâteuse.

— C'est cela. Comment ça va, Mr Paris ?

Il me jeta un regard interloqué.

— Les menottes sont nécessaires ? demanda-t-il.

— D'après les surveillants, oui.

— Je ne vais pas vous faire de mal.

Jugeant qu'il n'était plus sous l'influence de la drogue, j'appelai l'adjoint du shérif et lui demandai d'ôter les menottes. Il rechigna un peu, mais finit par les enlever et alla se poster sur le seuil. Je me levai et fermai la porte.

— C'est mieux ? demandai-je.

Paris sourit, découvrant des dents blanches et régulières. Il se frotta les poignets, se recoiffa, boutonna le col de sa combinaison et se redressa sur son siège. L'air moins hébété, à présent, il me jaugea du regard.

— Merci, dit-il. Je me sens dans un sale état. Pourquoi je suis ici ?

— On vous a arrêté, répondis-je avant de lui lire l'inculpation.

— Mr Rios, je ne me rappelle pas grand-chose d'hier soir, mais je sais pertinemment que je n'ai pas pris de drogue.

— Du tout ?

— J'ai fumé un joint avant d'aller dans ce bar.

— Quelle est la dernière chose dont vous vous souvenez ?

— Je prenais un verre, et puis j'ai entendu un bruit affreux, un raclement. Ça m'a fichu une trouille bleue. Et là, je me suis rendu compte que c'était ma propre respiration. Alors je suis sorti, je crois, parce que je me rappelle la lumière de la rue. Et je me suis réveillé ici. C'est tout.

— La police a trouvé deux *sherms* sur vous, dis-je, pour le tester.

— Qu'est-ce que c'est, des *sherms* ?

— Des cigarettes trempées dans le PCP.

— Je ne fume pas, répondit-il d'un ton égal.

Peut-être disait-il la vérité.

— Vous étiez seul, dans ce bar ?

— J'y suis allé avec mon ex-petit copain. Mais il est parti avant que tout ça n'arrive.

— Vous aviez fumé le joint avec lui ?

— Oui.

— Vous connaissiez des gens, dans ce bar ?

— Pas que je me souvienne.

— Combien de verres avez-vous bus ?

— Deux ou trois. Pas plus.

— Comment s'appelle cet ami ?

— Je ne veux pas le mêler à cela.

Je prenais des notes depuis le début. Je posai mon stylo et me renfonçai dans mon siège.

— Il n'y a dans cette pièce que vous et moi, commençai-je. Tout ce que vous me direz restera entre nous. Les inculpations de refus d'obtempérer et coups et blessures ne tiendront pas, et comme on ne s'est pas donné la peine de vous faire examiner par un médecin, la police n'a aucune preuve que vous ayez pris du PCP. Reste simplement l'inculpation de possession de drogue. Si vous la gardiez sur vous pour le compte d'un tiers, je peux éventuellement faire réduire l'inculpation ou même la lever.

— Vous ne me croyez pas.

— Ma tâche est de contester les preuves. Et les preuves, c'est, un, que vous étiez défoncé à quelque chose hier soir et deux, que la police a trouvé du PCP sur vous. Ce ne devrait pas être très difficile de voir ce que l'on peut déduire de ces deux faits.

— Je sais ce que c'est, le PCP, mais je n'en ai jamais pris et certainement jamais eu sur moi.

— C'était peut-être dans le joint que vous avez fumé avec votre ami. Laissez-moi au moins lui poser la question.

— Non, je dois m'en occuper moi-même.

— Vous avez de quoi vous payer un avocat ?

— L'argent n'est pas un problème, dit-il en haussant les épaules.

Il se détourna et sembla se replier sur lui-même. J'entendis l'adjoint hurler sur un détenu dans le couloir. Paris posa de nouveau sur moi un regard sans expression. Le silence dura un peu trop longtemps.

— Vous êtes gay, dit-il.

— Oui, répondis-je sans baisser les yeux.

— Je ne m'en étais pas rendu compte tout de suite.

— Qu'est-ce qui m'a trahi ?

— Vous n'avez pas du tout réagi quand j'ai parlé de mon ex. Vous n'avez même pas cillé. Les hétéros se trahissent toujours.

— Je ne crois pas que vous puissiez me raconter grand-chose sur vous ou votre petit copain qui me surprenne. Alors pourquoi ne pas me dire franchement ce qui s'est passé hier soir ?

— C'est ce que j'ai fait, dit-il d'un ton las. Écoutez, c'était le joint de Paul, et peut-être qu'il l'avait trempé dans du PCP. Il aurait aussi pu me donner les cigarettes. Je ne me rappelle pas, c'est tout.

— Alors appelons-le pour tout éclaircir.

— Je ne peux pas.

— Pourquoi ?

— Je me cache. Pour commencer, je n'aurais pas dû appeler Paul. Je ne peux pas prendre le risque de le revoir.

— De qui vous cachez-vous ?

— Excusez-moi, j'aimerais bien vous le dire, mais je ne peux pas.

— Alors prenez ma carte, dis-je en en sortant une de mon portefeuille. Et appelez-moi quand vous serez prêt.

Il l'examina.

— Merci, dit-il. Je voudrais passer un coup de fil.

— Je vais arranger cela.

Je lui serrai la main. C'était très professionnel. Puis l'adjoint frappa à la porte et je l'appelai pour qu'il ramène le détenu en cellule.

Dehors, il faisait délicieusement beau. Une brise tiède soulevait la cime des palmiers le long des rues et le soleil scintillait sur le trottoir. Je chaussai mes lunettes noires et pris la direction de California Avenue, où je devais retrouver mon meilleur ami, Aaron Gold, pour le petit déjeuner. Il m'avait dit vouloir parler affaires.

Deux gosses en vélo me dépassèrent, sac à dos à l'épaule. Le Southern Pacific de San Francisco passa en grondant au bout de la rue et j'éprouvai un rien d'agitation en le voyant. Un autre été qui s'écoulait. Dans deux mois, j'aurai trente-quatre ans.

— Henry !

C'était Gold qui m'appelait. Je levai le nez de la vitrine d'une boutique d'animaux devant laquelle je m'étais arrêté. Il arrivait à grands pas, son visage simiesque et intelligent froncé par une grimace dans le soleil. Il était grand, pâle, avec un peu de ventre, mais il ressemblait encore au sportif que j'avais connu à l'université.

— Bonjour, Aaron.

— À quoi tu penses ?

— À rien, en fait. Que je vieillis.

— Tu es encore un gamin, dit-il avec un petit rire moqueur. Regarde-moi, j'arrive à quarante ans. J'ai l'air de m'inquiéter ?

— Tu es dans la fleur de l'âge, plaisantai-je, à moitié seulement.

Avec son costume, Gold n'était qu'élégance lisse et prospère, de ses souliers cirés et ses mains manucurées jusqu'à ses cheveux noirs et bouclés que disciplinait une coupe de cheveux à cinquante dollars.

— Tu n'es jamais allé chez mon tailleur, dit-il en me jaugeant d'un œil critique. Viens, allons déjeuner.

Me prenant par le coude, il m'entraîna de l'autre côté de la rue vers le restaurant où toutes les serveuses le connaissaient. Ayant choisi une table au fond et passé commande, nous bûmes nos premières tasses de café en silence.

Treize ans auparavant, Gold et moi avions partagé la chambre qui nous avait été attribuée à notre arrivée sur le campus. Nous ne nous étions guère appréciés au début. Il prenait ma timidité pour de la prétention et je n'avais pas su voir que sa prétention masquait sa timidité. Nous avions fini par devenir amis.

Il fut le premier à qui je confiai que j'étais gay. Dire qu'il l'avait bien pris serait exagéré, mais nous étions restés amis sur les plans qui comptaient le plus : respect et confiance. Ces derniers temps, il allait même jusqu'à blaguer sur mon homosexualité, disant qu'il fallait que je rencontre un gentil garçon juif et que je m'installe avec.

— As-tu vu des connaissances à moi à la prison ? demanda-t-il.

— On ne va pas à la prison du comté pour des délits financiers, répondis-je.

— Le délit d'initié n'est pas le seul crime que commettent mes clients.

— Sans doute, mais ils ne s'abaisseraient pas à prendre les services d'un avocat commis d'office.

— En fait, cela m'amène à l'objet de notre rendez-vous, ton avenir.

— Il ne risque rien tant qu'on continue à commettre des crimes sur la voie publique.

— On en commet aussi dans les conseils d'administration, Henry. Mon cabinet aimerait engager un associé spécialisé dans le pénal. J'ai mentionné ton nom. Il a fait impression.

— Pourquoi ton cabinet voudrait-il se salir les mains dans le pénal ?

— Les entreprises sont composées d'êtres humains, dont certains remarquablement vénaux, d'autres simplement idiots. Quoi qu'il en soit, ils nous demandent assez souvent un spécialiste du pénal pour que cela vaille la peine pour nous d'en engager un. Tu serais directement associé senior, à soixante mille dollars annuels.

— Eh bien, répondis-je vivement, merci d'avoir pensé à moi, mais cela ne m'intéresse pas.

— Écoute, si c'est une histoire d'argent, je sais que tu mérites plus, mais c'est seulement le salaire d'embauche.

— Tu sais bien que ce n'est pas la question, Aaron, dis-je, songeant tout de même que c'était le double de mon revenu actuel.

— Henry, soupira-t-il, ne me dis pas que c'est une question de principe.

Je ne répondis pas.

— Tu gâches ton talent, actuellement. Tu te tues au boulot pour un quelconque petit crétin, et tout ce que tu reçois en retour, c'est un bureau exigu et un salaire inférieur à celui d'un associé junior chez nous.

— Alors il faudrait que je les échange contre un plus grand bureau, plus d'argent et la possibilité de défendre des jeunes loups aux dents longues, arrêtés pour conduite en état d'ivresse ?

— Pourquoi pas ? Les riches auraient moins le droit à une défense décente que les pauvres ?

— On n'entend guère les gens se scandaliser de la médiocrité des défenseurs des riches.

— Que cherches-tu exactement ? demanda-t-il, haussant le ton. La modeste autosatisfaction que tu éprouves à faire le bien ? Tu ne t'occupes pas de prisonniers politiques, mais d'escrocs et d'assassins.

— C'est vrai qu'on ne recrute pas les criminels dans les country-clubs, mais s'ils vivent en marge, eh bien, moi aussi.

— C'est parce que tu es gay, dit-il, baissant la voix. Si tu l'es vraiment.

— Ça, c'est un fait établi.

— Je n'en discuterai pas ici, mais cela gouverne ta vie et te ferme des portes. Si tu étais vraiment gay et que tu l'acceptais, tu prendrais tes décisions selon une logique que personne ne pourrait contester.

— Je peux te trouver des tas de raisons de ne pas venir dans ton cabinet, répliquai-je. Et aucune n'a de rapport avec mon homosexualité.

— Ce n'est pas pour celles-là que tu refuses.

Je posai ma fourchette et fixai la rue inondée de soleil. À quelques variantes près, Gold et moi avions la même conversation presque chaque fois que nous nous voyions. Étant donné que nous campions sur nos positions, le seul résultat était de nous engueuler.

— Tous les choix ferment des portes, repris-je. Et au bout d'un moment, on se retrouve enfermé dans sa toute petite pièce. Je crois que la plupart de ceux qui se retrouvent dans cette situation deviennent fous, parce qu'ils sont environnés de possibilités avortées et qu'aucun principe ne peut expliquer ou justifier les choix qu'ils ont faits. Je ne cherche pas le malheur, Aaron. Éviter les conflits n'est peut-être pas le meilleur principe qui soit, mais il fonctionne très bien pour moi.

— Peux-tu te dire heureux ?

— Non. Et toi ?

— Non, mais il existe des substituts.

Je n'avais pas besoin de lui demander lesquels : je les connaissais. Le travail, pour commencer. D'ailleurs, c'était le seul qu'il avait. Il avait été le mien aussi autrefois, mais récemment, j'avais perdu un gros procès et on avait murmuré que j'étais fini, lessivé.

Peut-être, mais dans ce cas, en dehors du travail, quelle possibilité me restait-il ? Je n'avais jamais songé à en cultiver une. Je tendis ma tasse à la serveuse qui passait, en me promettant que je prendrais le temps de réfléchir plus tard à mon avenir, dans l'espoir qu'il me tombe sournoisement dessus avant. Je parlai à Aaron de mes interrogatoires à la prison.

— Hugh Paris, dit-il. Je connais ce nom.

— Tu crois qu'il commet des délits d'initié ?

— Peut-être qu'il est riche.

Je secouai la tête.

— Tu serais surpris du nombre de riches dans notre petite ville. Ils ne savent peut-être pas tout ce qu'ils possèdent ni d'où vient l'argent, mais il coule régulièrement, de fonds de pension, actions, dividendes.

— Riche ou pas, j'aurais bien aimé qu'il parle. On l'aurait cru accablé d'un secret qu'il mourait de confier.

— Encore une possibilité avortée ? demanda Gold en prenant l'addition.

Je le laissai faire.

Il était à peine 8 heures passées quand je retournai à mon bureau au quatrième étage du palais de justice. Il y avait déjà du monde dans la salle d'attente, qui feuilletait les inévitables dossiers de paperasse officielle que les inculpés semblent produire à mesure que le système les absorbe.

La réceptionniste n'étant pas encore arrivée, on m'arrêta au passage et je tentai de répondre aux questions. Je finis par franchir la porte qui nous séparait de nos clients. Je descendis l'étroit couloir, rendu encore plus étroit par les classeurs à tiroirs qu'on n'avait pu mettre ailleurs que le long des murs, dépassai mon petit bureau sans soleil et gagnai la cafétéria.

Frances Kelly, avocate en chef, lisait le bulletin légal étalé devant elle sur la table. Elle laissait se consumer entre ses doigts une cigarette qu'elle porta finalement à ses lèvres, faisant tomber la cendre sur le revers de son tailleur.

Elle leva les yeux alors que je me servais un café.

— Vous connaissiez Robert Chaney ? demanda-t-elle.

— Pas très bien. Il a quitté le bureau quand je suis arrivé.

— Excellent juriste. Nous avons été formés ensemble et nous partagions le même bureau. Il m'a aidée à préparer mon premier procès.

— On parle de lui dans le bulletin ?

demandai-je en m'asseyant en face d'elle tandis qu'elle s'allumait une autre cigarette.

— Il a été mis en accusation aujourd'hui par la cour fédérale de San Francisco, pour trafic de cocaïne.

— Roger Chaney ? répétai-je, incrédule. Moi qui pensais que vous alliez me dire qu'il avait été promu juge.

— Avec Roger, il fallait s'attendre à tout.

— L'accusation est fondée ?

— Je sais que son cabinet marchait très bien. Il défendait de gros trafiquants et gagnait énormément d'argent, mais le droit ne l'avait jamais attiré.

— Non ? Qu'est-ce qui l'intéressait, alors ?

Elle se leva péniblement et alla à la cafetière. C'était une grosse femme élégante en tailleur de lin, cheveux noirs et beaux yeux clairs.

— C'était un virtuose intellectuel, convaincu de pouvoir emberlificoter n'importe quel autre avocat ou juge, et il avait raison. Mais le tribunal, ce n'est pas la vie réelle.

— Il a cru pouvoir commettre un crime impunément ?

— Nous devons présumer de son innocence, dit-elle pieusement. Mais il avait cette espèce de vanité. Comme vous, ajouta-t-elle.

Elle se dirigea vers la porte et me fit signe de la suivre. Nous nous rendîmes dans son bureau, le seul à disposer d'une fenêtre. Dehors, un mince voile de smog s'élevait en direction de

San Jose, mais la vue était encore dégagée sur les collines brunes entourant l'université, au-delà des palmiers et des toits de tuiles rouges.

— Parfois, je me dis que les gens vraiment brillants ne devraient pas être autorisés à faire notre métier, dit-elle. Ils s'ennuient trop facilement et causent des problèmes.

— Êtes-vous sur le point de me faire bénéficier d'un conseil ?

Elle se mit à rire.

— Je voulais simplement savoir comment vous alliez, Henry. Vous êtes chez nous depuis trois mois et nous n'avons guère eu l'occasion de discuter.

Elle faisait allusion à ma mutation du bureau principal de San Jose à celui-ci. Le sujet de conversation, ma santé mentale, m'apparut aussi vivement que la rose jaune dans le vase posé sur le bureau de Frances. Les deux m'agacèrent tout autant.

— Pour quelqu'un muté contre son gré, je vais bien.

— Je n'ai rien eu à voir avec cette mutation. Vous n'avez pas été mis au placard, mais au vert, après votre dernier procès.

— Que j'ai perdu. C'est pour ça qu'on m'a rétrogradé des procès pour infraction majeure aux mises en accusation.

— C'est le jury qui l'a déclaré coupable, et personne ne vous reproche votre travail qui, étant donné les circonstances, était excellent.

Par « circonstances », je me demandai si elle parlait du fait que seuls quelques points de QI séparaient mon client d'un légume, ou du fait qu'il ait utilisé une hache pour massacrer ses vieux parents. La série de photos du coroner me repassa en mémoire. À ce pénible souvenir, je portai mes doigts à mon front. Elle surprit mon geste et eut le tact de se détourner.

— Les circonstances n'intéressaient nullement le jury, dis-je. Il l'a envoyé dans le Couloir de la Mort.

— C'est en appel.

— Et moi, on m'envoie à la campagne, en pénitence.

— Ma compagnie vous ennuie ?

Elle souffla un nuage de fumée tourbillonnant qui traversa un rayon de soleil.

— Soyons sérieux, répliquai-je.

— C'était pour vous reposer du stress du tribunal. J'ai tout de suite vu que vous étiez au bout du rouleau quand vous êtes arrivé.

— Renvoyez-moi. Je n'ai rien fait d'autre qu'interroger des clients pour d'autres avocats et me chamailler sur des petits délits avec le DA à la chambre d'accusation.

— Ce n'est pas à moi de décider si vous pourrez repartir.

— *Si* ? répétai-je. Pas *quand* ? Appelez San Jose et dites-leur que je n'ai pas craqué, finalement. Que je suis lessivé, mais pas du côté qu'on croit. Enfin, vous pensez tous que je suis démoralisé ou épuisé par mon travail, alors que ce n'est pas ça. C'est l'autre partie de ma vie qui m'a lessivé. Et mon travail qui me permet de continuer.

J'entendis dans ma voix un tremblement qui me força à m'interrompre.

— Je n'ai pas l'intention de vous prendre votre poste, répondit-elle. Tout le monde ici sait que vous êtes l'un de nos meilleurs juristes.

Elle écrasa sa cigarette dans un cendrier en onyx et s'en alluma une autre.

— Le bureau vient d'embaucher une douzaine de nouveaux avocats, tout juste sortis de la fac. On cherche quelqu'un pour les former. Le poste est à vous, si cela vous tente.

— C'est moins bien que ce qu'on m'a proposé ce matin. (Elle me jeta un regard interloqué.) Ne faites pas attention. Je ne me vois pas en professeur.

— Vous avez pourtant des connaissances à transmettre.

— J'ai trente-trois ans, Frances, pas soixante-trois. Je ne me sens pas prêt à m'asseoir sur la véranda et raconter mes souvenirs de guerre.

— Réfléchissez-y.

Remarquant que je regardais la rose, elle la prit et me la tendit.

— Et si je n'accepte pas ce poste, mon exil continue.

— Elle vient de mon jardin.

— Ma fleur préférée, dis-je en me levant.

Revenu dans mon bureau, je jetai la rose à la corbeille et m'assis. J'avais une pile de dossiers à étudier avant de descendre à la chambre d'accusation l'après-midi. Ainsi qu'une liste de clients à interroger et à conseiller, et des affaires à attribuer à d'autres avocats.

J'ouvris le premier dossier et pensai immédiatement à Hugh Paris assis dans sa cellule, en bas. Et moi, songeai-je, j'attends dans la mienne, en haut. J'écartai cette pensée, la jugeant complaisante et teintée d'un rien de désir. Mais brusquement, la petite pièce était trop chaude et je ne pouvais plus me concentrer sur mes paperasses.

J'allai aux toilettes me passer de l'eau froide sur la figure. J'examinai soigneusement mon visage dans le miroir. En appuyant légèrement les doigts aux coins des yeux, les rides disparaissaient et je retrouvais — presque — mes vingt-cinq ans. Je pouvais donner ma démission et tout recommencer, dis-je à mon reflet. Mes yeux me répondirent. Recommencer ? Mais quoi ? Quelle possibilité as-tu ?

Un autre avocat entra, je me détournai de la glace, le saluai et repartis dans mon bureau.

La matinée s'écoula lentement à mesure que je passais les dossiers d'un côté de mon bureau à l'autre. Par le couloir, j'entendais les murmures des autres avocats, interrogeant clients et témoins ou filant au tribunal en criant une dernière question sur un problème légal, ou le caractère d'un juge. Je sentais la passion qui les animait, mais je ne la partageais pas.

Un jour ou l'autre, tout avocat pénal se rend compte que ce sont ses préjugés et non ses principes qui lui permettent de continuer. La remise en question de l'autorité et le mépris des lieux communs dont se drape bien trop souvent l'injustice peuvent vous faire tenir longtemps, mais au bout du compte, rien ne remplace la simple foi dans la justesse de vos actes. Et, alors que j'étais assis devant mon tas de paperasses, je me rendis compte que j'avais perdu cette foi.

Je demandai à voir Frances après le déjeuner, puis j'allai au bar du coin. Assis sur un tabouret au comptoir à grignoter des cacahuètes et siroter un bourbon, je repensai à Hugh Paris.

Ce n'était pas aussi simple et banal que du désir. Le voir avait précipité cette crise, parce que je n'avais pas été capable de l'aider, alors que je le voulais. Et d'ailleurs, quelle aide pouvais-je lui apporter, après tout ? Réduire la peine d'un accusé ou la lui épargner n'était le plus souvent que le sursis temporaire d'une chute inexorable. Voilà tout ce que je pouvais proposer en guise d'assistance : des placebos à des malades condamnés.

Frances était dans son bureau quand je revins. Elle me fit signe d'entrer et je m'assis en avalant le bonbon à la menthe que je mâchais pour dissimuler l'odeur d'alcool. Il ne fallait surtout pas qu'elle sache que j'avais bu.

— Frances, j'ai pris ma décision.

— Vous allez former les nouveaux ?

— Non, dis-je, mes mains jointes crispées sur les genoux. Je donne ma démission.

— Quoi ? demanda-t-elle en me fixant.

— J'ai appelé San Jose pour les informer. Je voulais aussi vous le dire. Et vous remercier de vos nombreuses bontés...

Je n'achevai pas. L'air s'était chargé d'une émotion muette.

— Henry, vous n'êtes pas sérieux. Prenez quelques jours, quelques semaines, si vous voulez. Voyagez.

— Je déteste voyager. Je n'ai aucun hobby. J'ai trente-trois ans et tout ce que je sais de la vie, je l'ai appris à la fac de droit ou dans les salles d'audience. Et cela fait si peu que c'en est pitoyable, Frances.

Elle prit unc cigarcttc.

— Je sais que je suis un peu vieux pour ça, mais je crois que je fais une crise d'identité.

— Ce n'est pas une raison pour démissionner.

— Il ne s'agit pas seulement de mon travail, mais de ma vie. Et ce n'est pas suffisant. (Je me levai.) Vous comprenez ?

— Non. Et vous ?

— Ce n'est pas très clair, dis-je en me rasseyant. J'ai rencontré un homme à la prison, ce matin, un détenu. Je voulais l'aider, lui offrir une espèce de réconfort, quelque chose d'humain. Mais tout ce que j'ai su faire, c'est lui servir le discours habituel.

— Nous offrons aux gens ce que personne d'autre n'est capable de leur donner. Une possibilité de résoudre leurs problèmes. Est-ce si peu important ?

— Bien sûr que non, quand ça marche. Mais on échoue tellement souvent. Et puis de toute façon, dis-je en posant les mains sur son bureau, qu'est-ce que ça m'apporte ?

Elle soupira.

— C'est bien là la clé, non ? Si vous en êtes arrivé à vous poser cette question, ce que ça vous apporte est manifestement insuffisant.

— Souhaitez-moi bonne chance.

— Non, je vous souhaite de changer d'avis.

— Je ne reviendrai pas sur ma décision.

— Très bien. Alors bonne chance.

Je retournai à mon bureau ramasser mes affaires. D'autres avocats vinrent traîner dans les parages, un peu mal à l'aise, avec quelques paroles bien intentionnées. À 15 heures, j'avais pratiquement terminé le nécessaire pour m'extirper de là. Juste avant de partir, je passai à la prison. La caution de Hugh Paris avait été payée par quelqu'un qui avait signé le reçu du nom de John Smith. Je rassemblai le reste de mes affaires et partis.

2

Du bruit sous la fenêtre de ma chambre suffit à me réveiller. Je jetai un coup d'œil au réveil sur la table de nuit : 3 heures à peine passées. Dehors résonnèrent des pas étouffés, mais bien reconnaissables, puis on frappa discrètement à ma porte. Je me levai, enfilai un pantalon puis m'approchai de l'entrée en tendant l'oreille.

La dernière fois qu'on m'avait réveillé à cette heure-là, c'était un client ivre et mécontent qui voulait me briser les jambes. Il y aurait bien réussi, d'ailleurs, s'il n'était pas tombé dans les pommes au cours de notre discussion.

J'entendis un autre coup, plus fort, plus pressant, et je jetai un coup d'œil par le judas. Hugh Paris, en jean et polo gris, frissonnait dans l'obscurité.

Je fus saisi en le voyant, mais pas surpris. Au cours des deux semaines suivant ma visite à la prison, j'avais souvent pensé à lui comme on songe à quelque chose d'inachevé. Je l'avais toujours plus ou moins en tête pour bien des raisons, la moindre n'étant pas son beau visage impassible. On aurait pu attribuer n'importe quel personnage, du prêtre au libertin, à ce visage lointain et séduisant. Un souffle de vent balaya une mèche de cheveux sur son front.

Il frappa de nouveau, avec insistance. J'entrebâillai la porte pour qu'il me voie.

— N'allumez pas, dit-il. Je crois qu'on m'a suivi.

— Entrez.

J'ouvris un peu plus et il se glissa à l'intérieur. Je lui ordonnai de rester immobile et le palpai au cas où il aurait eu une arme. Il n'avait même pas de portefeuille.

— Allons dans mon bureau, dis-je. La lampe de lecture nous éclairera suffisamment sans attirer l'attention.

Il me suivit et s'assit. J'allumai et son visage surgit de l'obscurité comme une flamme.

— Un verre ne me ferait pas de mal, dit-il.

— Dites-moi d'abord comment vous avez eu mon adresse.

— J'ai appelé votre bureau hier et quand on m'a dit que vous aviez démissionné, j'ai convaincu la réceptionniste que nous étions allés ensemble à l'université, que j'étais de passage en ville et que je voulais vous faire la surprise.

Il frissonna tandis que j'allais chercher une

bouteille de Jack Daniels et deux verres dans la cuisine.

Pendant qu'il buvait, je remarquai brusquement qu'il n'était pas plus jeune que moi, comme j'avais cru me souvenir, mais qu'il avait à peu près mon âge. Ses yeux étaient bouffis de fatigue, comme s'il s'était éveillé d'un long sommeil. Il posa son verre vide sur le bureau et je poussai la bouteille vers lui. L'alcool lui avait redonné des couleurs.

— Quand quelqu'un me rend visite à une heure pareille, j'ai tendance à penser que ce n'est pas simplement pour bavarder, dis-je.

— J'ai besoin qu'on m'héberge pour la nuit.

— Et vous n'avez pas de meilleurs amis ?

Il se servit un autre verre. Sa montre scintilla à son poignet. Fine, élégante, avec un bracelet de cuir noir. J'en avais déjà vu de ce genre. Elles étaient toujours accompagnées de rentes, d'écoles privées et de noms de famille terminés par des chiffres romains.

Hugh marmonna quelque chose.

— Quoi ? demandai-je.

— Vous m'avez demandé si j'avais de meilleurs amis et j'ai répondu que non. Je viens d'en ville.

— Et on vous suivait ? Qui ?

— C'est une longue histoire. (Puis, comme une arrière-pensée :) Je n'ai besoin que d'un lit pour cette nuit.

L'intonation était sexuelle et il me fallut une seconde avant de répondre.

— Aussi flatteur que cela soit, je refuse de croire que vous soyez venu me faire des propositions. Ce qui ne veut pas dire que je les refuserai. Mais pourquoi ne me dites-vous pas ce que vous voulez vraiment ?

Il eut un sourire charmeur et empreint de tristesse.

— Très bien, Henry. Je n'en ai peut-être pas l'air, mais je viens d'un milieu très aisé. D'une vieille famille riche et connue. Qui a dépensé une bonne partie de son argent pour m'éloigner de San Francisco.

— Pourquoi ?

— C'est mon grand-père qui détient toute cette fortune — et il me hait.

— Parce que vous êtes gay ?

— Cela a probablement un rapport, dit-il d'un ton léger. Mais il y a eu d'autres problèmes au cours des années.

— La drogue ? devinai-je, me rappelant les circonstances de son arrestation.

— Vous avez déjà vu des junks ?

Je hochai la tête. Il tendit son bras droit sous la faible lumière jaune. Je vis des marques bleuâtres le long de sa veine. Elles étaient presque effacées et la peau ne portait pas de trace de piqûre récente.

— Vous avez arrêté ?

— Il y a six mois. Je l'ai dit à mon grand-père. Il ne s'est pas laissé impressionner.

— Qui est-ce ?

— Robert Paris, dit-il, comme si chaque syllabe était importante.

Il me sembla un instant que le nom me disait quelque chose, mais cette impression disparut aussi vite qu'elle m'était venue.

— Le nom ne me paraît pas familier.

— Non ? Il ne l'est pas pour la plupart des gens, mais je pensais que vous le reconnaîtriez. (Je secouai la tête et il haussa les épaules.) Je crois qu'il m'a fait suivre cette nuit.

— Pourquoi ? S'il vous déteste, pourquoi se soucierait-il de savoir où vous allez ?

— L'argent. J'ai quelques droits sur la fortune familiale, dit-il en levant son verre. Mon grand-père voudrait les voir disparaître.

— Vous voulez dire, légalement ?

— Non, répondit-il en baissant la voix. C'est de meurtre, que je parle.

Il vida son verre. Il était évident qu'il croyait à ce qu'il racontait, mais moi, je n'y croyais pas. D'expérience, je ne croyais pas plus au meurtre prémédité qu'un agnostique ne croit en Dieu et pour la même raison : il n'y a jamais de preuve. Qu'un meurtre soit accompli dans l'instant ou des années après le souvenir d'un affront, aucun assassin n'est jamais sain d'esprit quand il tue. Pour moi, cela écartait toute préméditation.

— Vous exagérez, dis-je.

— Non. Il a déjà tué. (Il sourit tristement.) Je n'invente rien. Vous ne connaissez pas mon grand-père.

— Les riches ne complotent pas pour se tuer entre eux. Ils utilisent des avocats, à la place.

Hugh se mit à rire.

— Sauf ceux qui se croient au-dessus des lois. Henry, je ne veux pas dire qu'il va me tuer lui-même ou engager quelqu'un pour me descendre en plein jour. Je suis sûr que ce serait maquillé en accident ou en suicide.

— C'est impossible à croire. J'ai connu des assassins. Je les ai représentés et j'en ai même fait acquitter un ou deux. Le meurtre parfait et sans passion n'existe pas. Tuer est un boulot crapoteux.

— L'un de vos assassins était-il riche ? (Je secouai la tête.) C'est bien ce qu'il me semblait. L'argent achète tout l'isolement et le silence nécessaires. Mon grand-père pourrait nous faire tuer l'un et l'autre sans que personne ne le soupçonne jamais. (Il se servit un autre verre et continua :) D'après votre expression, je vois que vous ne me croyez pas.

— Je crois plutôt que vous pensez être en danger. Je ne sais pas très bien ce que vous attendez de moi.

— Vous m'avez entendu. C'est tout ce que

je vous demandais. Ça et un lit. C'était le marché, non ?

— Il me semble, oui, dis-je, brusquement conscient de la proximité de son corps, du bruit de sa respiration et de la pénombre.

Nous nous levâmes sans un mot pour aller dans la chambre.

Je me réveillai seul et restai allongé à regarder ondoyer l'ombre de l'arbre sur le mur, devant ma fenêtre. Le tic-tac du réveil et le vent étaient les seuls bruits audibles. Draps et couvertures avaient été rejetés au pied du lit. Une serviette roulée en boule traînait par terre à côté des vêtements de Hugh éparpillés.

Les vestiges de la passion.

Je me redressai contre le mur et contemplai ma nudité sans état d'âme. Je m'entretenais par habitude et ne pensais à mon corps que lorsqu'il était malade, blessé ou affamé.

J'avais déjà été amoureux, une fois à l'adolescence et deux à l'âge adulte, la dernière remontant à quatre ans. En dehors de ces périodes, le sexe se bornait principalement à des rencontres d'un soir. Ce n'était pas la meilleure solution, mais je me répétais que je n'avais pas de temps pour davantage. Maintenant que ma carrière venait de s'arrêter brusquement, j'avais du temps en quantité, plus que je n'en avais jamais eu. Assez pour devenir fou ou tomber de nouveau amoureux. Je me levai et m'habillai.

En entrant dans le salon, je le vis, enveloppé dans mon vieux peignoir bleu, en train de faire les cent pas sur le patio. De là où j'étais, il ressemblait à une silhouette projetée sur un écran, lumineux, lointain et plus grand que nature. Il me parut à cet instant être la somme de toutes les occasions manquées de ma vie. Je laissai ce sentiment passer. Il me vit, sourit, ouvrit la porte et rentra.

— Tu t'es enfin réveillé.

— Oui. J'aime bien te regarder. Tu as faim ?

— Non, mais je prendrais bien un café. (Je répondis que j'allais en préparer.) Je devrais m'habiller.

Il disparut dans la chambre et en revint quelques minutes plus tard en enfilant son polo.

— Allons dehors, dis-je en lui tendant un mug de café.

Nous sortîmes sur le patio dans la lumineuse matinée. L'odeur des plantes flottait dans l'air, musquée et charnelle.

— Que vas-tu faire ?

— Retourner en ville.

— Te livrer à ton grand-père ?

— Il me trouvera s'il en a envie. (Il but une gorgée de café.) Et toi ?

— J'ai décidé d'ouvrir mon propre cabinet et j'ai pas mal de démarches qui m'attendent.

Il hocha la tête comme si j'avais dit quelque chose d'important. L'air s'était alourdi de tout ce que nous ne nous étions pas dit. Je tendis la main et lui effleurai un instant le bras. Il sourit.

— Tu as toujours voulu être avocat ?

— Non, j'ai dérivé là-dedans après le lycée. Je voulais changer le monde et le droit me semblait offrir plus de possibilités que l'histoire.

— Tu savais que tu étais gay quand tu es entré à la fac ?

— Je l'ai toujours su.

— Ça n'a pas l'air de te poser de problème.

— Ça t'en pose ?

— Personne ne m'y a préparé, ni à la sensation d'être différent, quand bien même on ne semble pas l'être aux yeux des autres.

Je hochai la tête. L'aspect sexuel de l'homosexualité était, à bien des égards, le moindre de tous. Le plus dur était de rester sincère sans en faire trop : je suis différent, mais pas autant que vous le croyez.

— C'est de la schizophrénie, non ? dis-je.

Aussitôt, l'expression de Hugh changea. La calme beauté blonde disparut et fut remplacée par de la colère.

— Ne prononce pas ce mot en ma présence. Tu ignores totalement ce que c'est, la schizophrénie.

— Je voulais simplement dire...

— Que c'est un problème d'identité ? Mais c'est la fin de l'identité. C'est la mort.

Pris de court devant cet accès de rage, je marmonnai des excuses. La colère disparut de son regard, mais il resta lointain. La complicité établie entre nous avait volé en éclats et je ne trouvais rien pour le ramener à moi.

— Ça va, je suis juste un peu énervé, sans doute. Je crois qu'il faut que je m'en aille.

— Je suis vraiment désolé, Hugh, répétai-je.

— Tu ne pouvais pas savoir, répondit-il, plus pour lui-même. J'aimerais bien te revoir. Je t'appellerai.

— Bien sûr. Ça me ferait plaisir.

Nous restâmes face à face, mais comme cela semblait absurde de se serrer la main, nous nous contentâmes de sourire, simplement, comme deux inconnus qui se sont heurtés par accident.

Une semaine après la visite nocturne de Hugh, je retrouvai Aaron Gold dans un bar d'University Avenue appelé *Barney's*, pour prendre un verre et parler de mon avenir — une fois de plus. Gold avait eu son propre cabinet à San Francisco pendant deux ans avant de rejoindre sa firme actuelle et je comptais sur ses conseils pour ouvrir le mien. Ses années d'associé dans un cabinet riche et prestigieux n'avaient pas effacé les souvenirs des privations de ses débuts.

Gold aimait me prodiguer ses conseils.

Cela lui permettait de revivre cette époque solitaire où il pensait développer un puissant cabinet à force d'ambition et de volonté.

Finalement, il avait trouvé qu'il n'impressionnait pas assez son monde et avait signé dans un bureau en ville. Un bon, le meilleur de la région, assez important pour avoir des succursales, mais malgré tout, pas un de New York ni même de San Francisco.

Son choix me laissait perplexe. Rédacteur en chef d'un bulletin légal, Gold aurait pu décrocher un poste n'importe où, mais il était resté dans notre petite ville universitaire provinciale, loin des centres d'influence et de pouvoir qu'il avait naguère entrepris d'éblouir. Et il était vraiment devenu un homme du sérail, absolument dévoué à son entreprise et d'une agaçante discrétion concernant son travail.

Nous nous entendions bien tous les deux, songeais-je alors que j'entrais dans le bar par un moite après-midi d'août. Cependant, certains aspects de ma vie constituaient encore un problème pour lui, comme je le découvris en abordant le sujet de Hugh Paris.

— Tu as couché avec un client ? demanda-t-il, incrédule, devant la serveuse interloquée qui nous apportait nos verres.

— Ce n'est pas un client, dis-je quand elle fut repartie. Je n'ai pas traité son affaire.

— Tu devrais tout de même t'inquiéter de

ce qu'en diront les gens, cela ne fait pas très convenable.

— Écoute, je ne l'ai pas non plus crié sur les toits. Je t'en parle, c'est tout.

— Pourquoi ? demanda-t-il en reposant son verre.

— Tu m'as demandé quelles étaient les nouvelles. Je t'ai répondu.

— Il y a des choses que tu peux garder pour toi.

— Alors il faut que j'écoute par le menu tout ce que tu me racontes sur ta dernière conquête, mais tu me traites comme un eunuque ? Tu te confies à moi, mais moi, je ne peux pas ? Nous sommes amis ou pas ?

Il se frotta le front et soupira, théâtral.

— Oui, nous sommes amis. C'est juste que... Eh bien, outre que tu sois gay, ce Paris ne me dit rien qui vaille. Tu devrais te marier, je ne sais pas.

— Hugh est très bien, me défendis-je. Et quant au mariage, tu as presque six ans de plus que moi et tu es toujours célibataire.

— C'est différent. J'ai exercé tard et je dois rattraper le temps perdu si je veux devenir associé avant mes quarante ans. Ensuite, je me marierai. Un homme peut se marier à n'importe quel âge.

— Si cela te gêne que je parle de ma vie de gay, je m'abstiendrai.

Il agita la main comme pour chasser une mouche.

— Cela fait partie de ta vie. C'est simplement un peu difficile. Laisse-moi du temps.

— Ça fait dix ans que tu le sais.

— Quand tu me l'as dit à la fac ? Mais tout le monde était quelque chose, là-bas. Marxiste, féministe, homosexuel... Moi, j'étais socialiste. Ce n'était que de la théorie, à l'époque. Ça ne voulait rien dire. Jamais je n'ai cru que tu étais sérieux. Commandons d'autres verres, dit-il en appelant la serveuse.

— Tu crois que nous avons trahi ce que nous étions ? Que nous sommes des vendus ?

— Des vendus ? répéta-t-il en haussant un sourcil. Qu'est-ce qu'on avait à trahir ou à vendre ? Rien. On n'avait rien. C'est maintenant que nous avons quelque chose à vendre, et à perdre.

Il leva son verre et le fit ironiquement tinter contre le mien.

Durant les deux jours suivants, je passai en revue les choix qui s'offraient à moi. Ouvrir un cabinet à San Francisco était hors de question en raison des frais et d'une trop nombreuse concurrence, qui peinait déjà à joindre les deux bouts. Quand j'avais été muté du Bureau du district attorney de San Jose, j'avais brûlé trop de ponts pour pouvoir revenir en arrière. Aussi décidai-je de rester où j'étais, pour l'instant.

Je louai un bureau dans un immeuble non loin du palais de justice. J'achetai une table, installai le téléphone et fis poser une plaque sur la porte. L'imprimeur était en train de sortir mes cartes de visite. Il ne me fallait plus que des clients. Étant donné que j'avais surtout exercé à San Jose, j'étais très peu connu localement et au début, il faudrait que je compte sur des affaires pénales que les avocats de la Défense Publique refusaient de traiter. J'avais déjà décidé que je ne ferais pas de civil.

Ce type d'affaire représentait une source de revenus réguliers. Les avocats étaient désignés d'après une liste établie par les juges, et pour y figurer, il fallait poser sa candidature. Tout le monde voulait faire partie de la liste et le succès dépendait de considérations politiques, ce qui, dans l'univers d'une petite ville, impliquait d'amadouer ceux qui avaient le pouvoir de vous rendre la vie difficile.

Pour les juges, c'étaient le DA et les avocats, qui non seulement appartenaient au même syndicat mais qui, à eux tous, traitaient pratiquement toutes les affaires criminelles. Les juges ne risquaient pas de désigner un avocat qui leur avait posé des problèmes. En conséquence, il fallait que je fasse la paix avec mon ancien employeur. J'avais pris rendez-vous avec

Frances Kelly pour qu'elle accepte de me recommander.

Je montai les cinq étages du palais de justice jusqu'au Bureau de la Défense Publique. Le temps d'y arriver, j'étais en nage, épuisé et angoissé. La salle d'attente était presque vide. Je donnai mon nom à la nouvelle réceptionniste. Il y avait un peu moins d'un mois que j'avais donné ma démission, mais cela semblait faire un an, principalement parce que rien n'avait changé. Même le calendrier au mur était toujours à la page de juillet. Je croisai deux de mes anciens collègues qui allaient au tribunal, mais ils ne me parlèrent pas. Omerta, songeai-je. Apparemment, j'étais devenu inexistant.

Un quart d'heure plus tard, la secrétaire de Frances vint me chercher et me conduisit à son bureau sans paraître un instant me reconnaître. Je me demandai si Frances allait me réserver le même accueil. Je frappai et attendis sa réponse pour entrer.

Elle m'accueillit avec une aimable curiosité, se levant légèrement derrière son bureau en tendant une main chargée de bracelets.

— Vous avez bonne mine, dit-elle.

— Merci. Vous aussi.

En vérité, elle paraissait plus onctueuse et replète que jamais et arborait ses rondeurs comme une toilette d'été. Après avoir échangé quelques politesses et nouvelles, je me raclai mentalement la gorge et changeai de sujet.

— J'ai un service à vous demander. (Elle sourit.) Mais avant, je voudrais vous présenter mes excuses pour la rapidité de mon départ.

— Je vous pardonne.

— Je vais ouvrir mon propre cabinet.

— Félicitations, murmura-t-elle.

— Je n'ai pas encore de clients. J'ai l'intention de demander mon inscription sur la liste des avocats commis d'office.

— Sage décision.

Je fis mentalement la grimace. C'était aussi agréable que de se faire arracher une dent.

— Je connais la politique du tribunal, continuai-je. Le juge reconnaîtra immédiatement mon nom, se souviendra probablement que j'ai donné ma démission et vous appellera pour avoir votre avis.

— Et vous voulez savoir ce que je lui dirai.

— Non. Je voudrais que vous me recommandiez.

— Je vois, sourit-elle. Eh bien, vous semblez avoir retrouvé le moral. (Elle alluma une cigarette.) C'est pour l'argent ?

— Comment ?

— C'est pour l'argent que vous faites cela, ou parce que vous voulez travailler à nouveau ?

— Ce n'est pas pour l'argent. (Je pouvais tenir un an sur mes économies.) Je veux travailler. Je suis un bon avocat.

— Oui, bien sûr, mais cela me surprend. Il y a un mois, vous quittiez le bureau en disant qu'il vous fallait un peu de temps pour réfléchir à votre avenir.

— J'y ai réfléchi.

— Et tout cela pour conclure que vous voulez recommencer le même travail qu'avant ? Il y a vraiment quelque chose de changé ?

C'était une question de pure forme. Elle poursuivit.

— Je dirai au juge que vous êtes un brillant avocat, mais un homme perturbé. Que si j'étais un accusé, je vous confierais très volontiers mon dossier, mais qu'en tant que juge, je m'inquiéterais de livrer un client aux mains d'un avocat qui peut devenir malsain.

— Vous êtes impitoyable, Frances.

— Vous pourriez défendre un dossier en audience sans la moindre préparation et vous en tirer bien mieux que tout autre avocat ayant eu le temps d'étudier l'affaire, mais ce n'est pas la question. Franchement, je crois que vous seriez capable de le plomber parce que vous n'auriez plus le cœur à cela.

— Vous vous trompez. Je ne suis jamais allé à une audience sans préparation.

Elle désigna une pile de dossiers posés en haut d'une étagère.

— Vos dernières affaires. Rien n'a été fait.

— J'avais tout dans la tête.

— C'est le problème, Henry. Vous avez trop de choses dans la tête.

— Je ne vous ferai pas changer d'avis ? demandai-je en me levant.

— Prenez tout le temps nécessaire et revenez me voir. Non seulement je vous recommanderai, mais je vous aiderai à revenir si vous le souhaitiez.

— Et comment saurai-je qu'il s'est écoulé suffisamment de temps ?

— Vous le sentirez, dit-elle, comme si elle faisait une promesse à un enfant.

Assis dans mon nouveau bureau, je regardais le soleil se coucher. L'air était lourd d'une lumière jaune et crémeuse — l'heure dorée, comme on disait à l'école. De là, je pouvais voir l'inévitable étendue de tuiles rouges des toits de l'université. Les étudiants de première année n'arriveraient pas avant un mois, mais la faculté allait rouvrir dans une semaine ou deux.

Quand j'en étais sorti avec mon diplôme, dix ans auparavant, ma vie me semblait toute tracée. Je grimperais les échelons au Bureau de la Défense Publique, mon travail aurait une importance politique, et je serais nommé juge au bout du compte, peut-être.

J'avais commencé avec les atouts nécessaires, mais en route, je m'étais embourbé dans les ambiguïtés de ma profession. Vérité et mensonge, culpabilité et innocence, droit et équité — c'était cela, mon pain quotidien. Et alors que j'entrevoyais que le droit n'offrait que très peu de réponses claires, j'avais aussi compris qu'il y en avait encore moins dans ma vie.

Frances avait raison. Je n'étais pas prêt à retourner dans ce marécage. Non, je ne l'étais pas, mais je ne me voyais rien faire d'autre de ma vie. J'ouvris mon tiroir, en sortis une bouteille de bourbon et un verre. Et je tins un peu plus longtemps compagnie au crépuscule.

Il était tard quand je rentrai chez moi d'un pas incertain, accueilli par le clignotement rouge du répondeur. J'allai en titubant écouter mes messages. Il y en avait deux, laissés par Hugh à quelques heures d'écart. Le premier était bref, hésitant, quelques mots aimables. Le second me demandait de le retrouver en ville le lendemain, dans un bar de Castro. J'effaçai les messages, ôtai mes chaussures, m'étendis sur le sofa et sombrai dans un sommeil d'ivrogne.

Quand je me réveillai, il faisait jour, mais la pièce baignait encore dans la pénombre. Je respirai les vapeurs d'alcool de la veille et me redressai. J'avais mal partout et l'impression d'avoir la tête broyée dans un étau. Je gagnai péniblement la salle de bains et avalai un peu d'aspirine. Puis je retournai dans ma chambre passer ma tenue de jogging. Une fois dehors, je me forçai à m'étirer et pris la direction de l'université.

Le premier kilomètre fut un supplice. Je passai sous l'énorme arche de pierre marquant l'entrée de la faculté, et quittai la route pour vomir sur le bas-côté. Me sentant mieux, je descendis l'allée bordée de palmiers vers l'Old Quad. Perdu dans les buissons sur ma gauche, un mausolée contenait les restes de la famille qui avait fondé l'université. Juste devant moi se dressait un ensemble de bâtiments de pierre, l'Old Quad.

Je montai péniblement l'escalier et passai sous une arche pour déboucher dans une cour poussiéreuse qui, avec ses buissons d'épineux et de cactus, ressemblait au jardin d'un monastère du désert. Tout autour, les tourelles et les murs de pierre branlants irradiaient un silence de mauvais augure, comme si derrière chaque fenêtre était posté un soldat armé d'un mousquet, prêt à repousser quelque envahisseur.

Je levai les yeux vers la façade scintillante de la chapelle, ornée d'une mosaïque représentant un Jésus blond et quatre anges incarnant l'Espoir, la Foi, la Charité et, pour des raisons de symétrie plus architecturale que symbolique, l'Amour. Dans sa lugubre splendeur, l'Old Quad ne manquait jamais de me rappeler le palais présidentiel de quelque république bananière.

Je quittai la cour carrée, passai devant l'école d'ingénierie et pris la petite route menant aux collines. Au sommet de l'une d'elles était installé un radar que les étudiants surnommaient l'Assiette. Il se dressait au milieu du bétail et d'étables en ruines. C'en était une lui aussi, car il était désaffecté depuis des années, mais quand le vent soufflait, il émettait un étrange trille qui aurait très bien pu être la musique d'une autre planète.

Cette fois, le silence régnait quand je m'arrêtai tout en haut pour reprendre mon souffle après cette ascension. J'étais trempé de sueur, et mon mal de crâne avait disparu, remplacé par un léger vertige.

C'était une matinée chaude et claire. Au nord et à l'ouest, je distinguais les immeubles blancs, les ponts et les clochers de San Francisco sous un ciel bleu pastel. De là où je me trouvais, la ville semblait candide et sereine. Pourtant, quand je marchais dans ses rues, ce que je remarquais le plus, c'était la lumière qui tombait souvent oblique, laissant des coins sombres.

Quand on levait les yeux sur une façade, on s'attendait à y voir une gargouille plutôt que des ciselures de bois compliquées mais innocentes. La ville possédait une présence menaçante, comme un être vivant avec ses secrets et ses souvenirs. Son tempérament ressemblait trop au mien pour que je m'y sente à l'aise et en sécurité.

Je jetai un rapide coup d'œil au sud vers le ciel pollué sous lequel s'étendait San Jose, laide et âpre, mais dénuée de secrets ou de mensonges. Puis je m'étirai et entrepris de redescendre lentement.

Quand j'arrivai à San Francisco dans l'après-midi, c'était l'une de ces journées de la fin de l'été où les derniers touristes s'en vont en se plaignant du froid et du brouillard. Le ciel était limpide. Je me garai sur la Dix-Neuvième et gagnai Castro à pied.

Les trottoirs étaient encombrés par une foule qui flânait devant des bars où hurlait de la disco et où des hommes assis sur des tabourets contemplaient la rue. L'air sentait la bière, la sueur et les poppers. Aux arrêts de bus, sur les pelouses devant les bâtiments, des hommes torse nu prenaient le soleil en regardant les passants derrière leurs lunettes miroir.

En approchant du bar où je devais retrouver Hugh, je sentis l'odeur de la marijuana, tournai la tête et vis deux jeunes mecs fumer un joint devant le stand d'une association politique gay. J'entrai dans le bar en pensant y trouver le même genre de carnaval, mais il était presque vide. Le barman solitaire essuyait pensivement le comptoir.

Je commandai un gin-tonic et allai

m'asseoir à une table du fond. Des plantes pendaient du plafond dans de grands pots de céramique et l'éclairage était si tamisé qu'on se serait cru la nuit. Çà et là, dans l'obscurité, je voyais luire une arête de laiton poli ou un miroir.

Au centre de la salle, un grand plafonnier tournait presque imperceptiblement en brassant l'air rance. C'était le lieu idéal pour une méditation imbibée — pour retrouver ses émotions dans l'alcool, comme me l'avait dit un jour quelqu'un dans un autre bar — et j'étais justement d'humeur contemplative. Pour la première fois de ma vie adulte, je ne voyais pas plus loin dans l'avenir que la porte par laquelle entrait Hugh à cet instant.

Je le vis apparaître sur le seuil dans la lumière éclatante, s'avancer dans la pénombre et contourner lentement les tables jusqu'à la mienne. Il marmonna un salut et s'assit. Il avait pris le soleil depuis notre dernière entrevue. Sa peau était désormais couleur de roses séchées et ses cheveux d'un blond plus clair, mais tout autant en bataille. Je retins une brusque envie de le toucher. Il s'enfonça dans son fauteuil, disparaissant dans l'ombre. Le barman s'approcha sans se presser et resta un moment devant nous avant de prendre la commande de Hugh. Celui-ci leva la tête, commanda une eau minérale et se détourna sans remarquer le grand sourire langoureux du serveur.

— Je ne pensais pas que tu viendrais, en fait, dit-il lentement, d'une voix sourde.

— Tu aurais pu appeler avant. Cela fait deux semaines.

— Trop risqué, dit-il vaguement, alors que le barman déposait une bouteille de Perrier devant lui. Je dois limiter mes contacts avec les gens.

— Tu te caches encore ?

— Tu ne me crois toujours pas ?

— Je ne pense pas qu'on essaie de te tuer. Tu as peur d'autre chose.

— Les junkies ignorent la peur.

Il tendit le bras pour se servir, mais il tremblait tellement qu'il répandit de l'eau sur la table. Très lentement, il reposa le Perrier. Puis, d'un seul coup, tout devint clair.

Je le tirai vers la lumière. Il ne résista pas. Il avait la peau moite et fiévreuse. Ses pupilles étaient dilatées et trop brillantes. Je posai son bras droit sur la table et repérai presque immédiatement la marque, un point rougeâtre juste au-dessus de la veine, à quelques centimètres du poignet.

— Quand t'es-tu piqué ?

— Ça ne fait pas longtemps, répondit-il en s'humectant les lèvres.

— Tu m'avais dit que tu avais arrêté.

— C'était vrai. J'ai croisé un copain.

— Quand ?

— Je ne sais plus. La semaine dernière ? Après t'avoir vu.

— Pourquoi tu ne m'as pas appelé ?

— J'ai cru que je pourrais m'en sortir. Je n'y arrive pas. J'ai besoin d'aide.

De la sueur perlait sur son visage dont les traits s'affaissaient, comme si on les avait tirés vers le bas.

— Je ne suis pas venu ici jouer les baby-sitters pour un junk, dis-je en me levant.

Il me retint par le bras et ouvrit la bouche, mais rien n'en sortit. Je vis la panique gagner lentement ses yeux. Je restai à le toiser pendant ce qui me parut une éternité. Puis, lentement, je me détendis et me rassis sur le siège à côté de lui.

3

La nuit commençait à tomber. Je quittai la fenêtre et cherchai à tâtons un interrupteur. J'appuyai sur un bouton et les trois ampoules d'un lustre en laiton s'allumèrent en tremblotant, incertaines. Hugh dormait dans la chambre au bout du long et étroit couloir. La chasse d'eau gargouillait dans les toilettes, où j'avais jeté ses vomissures.

Mon expérience d'avocat m'avait appris qu'un héroïnomane pouvait rester sans rien prendre le temps que cesse la dépendance. S'il reprenait de la drogue, un certain délai s'écoulait avant que revienne l'accoutumance. Certains drogués en prenaient irrégulièrement — ils appelaient cela « grappiller » — mais tôt ou tard, ils succombaient.

Hugh était au premier stade de la rechute. Son corps, reconnaissant l'opiacé pour ce qu'il était — un poison — s'efforçait de le rejeter et le rendait malade. S'il continuait d'en absorber, les malaises cesseraient et le corps s'habituerait à sa dose mortelle. Qu'il soit malade était encourageant, parce que cela signifiait qu'il était encore possible d'empêcher le retour de la dépendance.

Encore aurait-il fallu que je sache comment procéder. Je me servis un verre du cognac que j'avais trouvé dans la cuisine.

Quand un junk venait me voir, ce n'était pas pour des conseils médicaux ou psychologiques, mais simplement pour éviter la prison. Si je parvenais à le faire placer en hôpital ou l'inscrire dans un programme de désintoxication, je considérais cela comme un succès. Mais comment on devenait accro à une drogue ou comment on s'en sortait restait pour moi un mystère. Je n'étais sûr que d'une seule chose : quand on traite un drogué, c'est plus à la dépendance qu'à la drogue elle-même qu'il faut s'attaquer. Et pour le bien de Hugh, j'aurais aimé en savoir davantage.

J'errai au hasard dans la vaste pièce vide. Il régnait dans la maison l'odeur de moisi et d'humidité de tant de demeures victoriennes, comme si les murs étaient remplis de papier journal détrempé. Celle de Hugh, à quelques rues de Castro, était située dans un quartier en pleine rénovation. La plupart de ses voisines étaient fraîchement repeintes, en cours de restauration ou à vendre. La sienne était restée intacte, épargnée par cette fébrilité. Des lambeaux de peinture se détachaient de la balustrade de l'escalier menant à la véranda. Les pièces étaient peintes en blanc, grossièrement, cachant mal par endroits une tapisserie gueularde. Le parquet était sale et abîmé. De la cuisine, j'entendis le grincement et le ronronnement du réfrigérateur, qui décrut jusqu'à un gémissement sourd. Ce n'était pas la maison de l'héritier d'une riche famille.

Pourtant, je décelais quelques détails aristocratiques incongrus. Les draps de son lit étaient d'un blanc éclatant et des serviettes toutes propres étaient empilées dans la salle de bains. Les rares meubles disséminés dans la maison étaient manifestement d'une grande qualité. Le cognac que je buvais était du Courvoisier VSOP et mon verre, en cristal.

Je me retrouvai devant des étagères abritant une vingtaine de livres. La plupart étaient des éditions de poche usées — Tolkien, Herman Hesse, un ouvrage de Ginsberg : la bibliothèque d'un étudiant des années soixante. J'ouvris le Ginsberg. Sur la page de garde étaient inscrits le nom de Hugh, l'année 1971 et les mots *New Haven*. Sur la seconde étagère, c'étaient principalement des livres de poésie, par des auteurs dont je n'avais jamais entendu parler. Le dos d'un volume était fendillé et quelques pages tombèrent par terre en voletant quand je l'ouvris. Je m'agenouillai pour les ramasser et je vis sur l'étagère du bas un cadre posé à l'envers.

Je le pris avec les pages, replaçai le livre et retournai la photo.

C'était le portrait d'une femme, de bonne famille, apparemment. Elle devait avoir la cinquantaine. Comme le cliché était en noir et blanc, il était difficile de savoir si elle avait les cheveux blancs ou d'un blond cendré. L'arrière-plan uni formait un jeu savant d'ombres et de lumières. L'effet manifestement recherché était de produire une image hors du temps, sans doute en raison de l'âge de la femme. Pourtant, son beau visage anguleux dégageait une élégance qui ne devait rien au talent du photographe, et une sorte de lumière nimbait ses yeux et ses cheveux. Elle avait dû être très belle.

— Ma mère, expliqua une voix derrière moi.

De surprise, je faillis lâcher le cadre et, me retournant, je vis Hugh sur le seuil de la pièce, dans la pénombre. Il s'avança, blême, les yeux cernés de fatigue.

— Excuse-moi. Je ne voulais pas te faire peur.

Il tendit la main vers la photo, que je lui donnai. Il la contempla un moment avant de me la rendre. Je la reposai sur l'étagère.

— Jolie photo, dis-je. Elle a l'air faite par un professionnel.

— Le portrait officiel, dit-il avec un rien de mépris dans la voix. Il figure sur toutes les jaquettes.

— Elle écrit ?

Il hocha la tête et s'assit dans un coin du sofa en tirant sur son torse nu un gros pull. En le voyant se couvrir, je me rendis compte qu'il faisait froid.

— Qu'a-t-elle écrit ?

— De la poésie, surtout.

— Il ne m'a pas semblé voir de livre d'elle sur ces étagères.

— Je n'en ai aucun.

— Vous n'êtes pas proches ?

— Cela fait des années que je ne l'ai pas vue.

— Elle habite à San Francisco ?

— Non, sur la Côte Est. À Boston, je crois.

— Avec ton père ?

Il marqua un temps avant de répondre :

— Il est mort.

J'entendis cette hésitation d'une oreille d'avocat et je la trouvai un peu étrange.

— Tu es sûr ? demandai-je.

— Pas de contre-interrogatoire.

Il frissonna, s'empara de la bouteille de cognac et but une gorgée au goulot. Il la reposa et passa la main dans ses cheveux déjà hirsutes. Il avait l'air fragile et malheureux.

— Je vais te préparer du café, dis-je, sans bouger de l'endroit où j'étais. Pourvu que tu me dises où il est.

— La boîte bleue, dans le réfrigérateur, dit-il en frissonnant de nouveau.

Quand je revins dans le salon, il était à la fenêtre, désormais envahie par la nuit, face à lui-même, à son reflet fantomatique. Je posai les tasses et allai le rejoindre.

— Quelque chose dehors ?

— Une voiture est passée, lentement, phares éteints.

— C'est déjà arrivé ?

— Non, et peut-être que ça n'avait pas de rapport avec moi. (Je me raclai la gorge.) Tu refuses toujours de croire que je suis menacé de mort.

— Tu te débrouilles très bien pour te tuer tout seul.

Il se détourna brusquement, et alla prendre une tasse sur la table.

— Je suis désolé pour ce qui s'est passé aujourd'hui.

— Tu veux qu'on en parle ?

— Je m'ennuyais et je me sentais seul.

— Certains diraient que c'est la condition humaine.

Il eut un rire sans joie.

— Mon seuil de tolérance est facilement dépassé.

— On dirait un diagnostic.

— Celui de mon dernier analyste, répondit-il, désinvolte. Il disait aussi que j'avais du mal à être proche des gens.

— Je n'avais pas remarqué.

— Le sexe, ce n'est pas la même chose.

— Je vois. Merci pour la mise au point.

— Attends, dit-il. Reprenons au début. Je t'ai demandé de venir, parce que je voulais te revoir, pas pour marquer des points.

— Très bien, dis-je en allant m'asseoir à côté de lui et en posant une main hésitante sur la sienne. Dis-moi ce qui s'est passé entre le dernier week-end et aujourd'hui.

Il me regarda longuement de ses yeux bleus voilés, puis demanda :

— As-tu déjà entendu parler d'un poète du nom de Cavafy ? (Je secouai la tête.) Un poète grec. Homosexuel, d'ailleurs. Il a écrit un poème sur un jeune homme débauché qui se lasse de l'existence et décide de partir dans une autre ville pour changer de vie. La réponse du poète, c'est que partir, c'est inutile, car s'il a gâché sa vie quelque part, il l'a gâchée dans le monde entier.

— Et ?

— J'avais tellement de bonnes raisons de quitter New York et de rentrer ici, mais quand je suis arrivé, elles se sont... évaporées. J'étais la même personne, et je menais la même vie.

— Les gens surmontent leur dépendance.

— Mais pas le mépris qu'ils ont pour eux-mêmes.

Il versa du cognac dans sa tasse et se

radossa comme pour raconter une histoire à un enfant pour l'endormir.

— Mon grand-père, qui m'a élevé après la mort de mon père, avait des idées très primaires et très arrêtées sur ce que doit être un homme. Il n'a jamais manqué une occasion de me faire savoir que je n'étais pas à la hauteur.

— Ne te braque pas là-dessus, dis-je en pensant à mon propre père. Tu l'enterreras. Ça change tout.

— Il a empoisonné mon enfance, continua-t-il sans relever. Et j'ai cherché à connaître les raisons, sans savoir qu'elles n'existaient pas, parce que je croyais que je méritais qu'il me maltraite.

Quelque chose dans sa voix me fit poser la question :

— Qu'il te maltraite ? C'est-à-dire ?

— Il prétendait que j'étais trop mignon pour un garçon, répondit-il, les yeux brillants de défi et de honte.

Lentement, je compris.

— Il t'a agressé... sexuellement ?

— Le plus drôle, c'est que je savais déjà que j'étais gay. Que j'étais différent, en tout cas. Ce que j'ai mis des années à apprendre, c'est que ce n'était pas obligatoirement... (Il marqua une pause, cherchant ses mots.)... avilissant.

— Qu'est-ce qu'il te disait ?

— Que je l'encourageais, que je voulais qu'il le fasse. (Il sourit, amer.) J'étais un petit séducteur de douze ans. Quelques semaines après, il m'a envoyé dans une école privée de la Côte Est. Il y a dix-huit ans. Je peux compter sur mes doigts le nombre de fois où je l'ai revu depuis.

— Pourquoi es-tu revenu ?

— Ma haine me fait vivre, Henry. C'est la seule énergie qui subsiste en moi et je suis revenu pour l'affronter. Mais j'ai besoin d'être fort quand je le verrai, et je ne le suis pas encore.

— En attendant, tu rumines dans ton coin et tu te détruis.

— Je pensais qu'en attendant, nous pourrions devenir amis, toi et moi.

Je perçus un rien de séduction dans sa voix, alors qu'il n'avait pas dit cela pour me séduire. Il me suppliait de l'aider.

— Si seulement je t'avais rencontré... ne serait-ce que cinq ans plus tôt.

— Qu'est-ce qui nous en empêche maintenant ? demandai-je en l'attirant contre moi.

En me réveillant le lendemain matin, je trouvai Hugh debout, parfaitement immobile dans le grand rectangle de lumière près de la fenêtre, face au mur au-dessus de ma tête, seulement vêtu d'un pantalon de jogging rouge délavé. Il avait les bras ballants, doigts écartés, mais sans raideur. Il respirait, lentement, profondément.

À chaque inspiration, l'air remplissait toute sa poitrine tendue et frémissante, dessinant finement chacun de ses muscles. Lorsqu'il expirait en maîtrisant délicatement son souffle, sa poitrine retombait. Sa peau prenait une couleur plus sombre à mesure que le sang affluait comme un torrent sous sa peau. Chaque muscle était élégamment souligné, et il ressemblait à une statue antique à qui le temps aurait donné forme humaine.

Il haussa légèrement le menton, redressa encore les épaules et écarta les jambes, une en avant, l'autre en arrière. Je le vis se laisser glisser jusqu'au sol en levant les bras pour atteindre le grand écart. Le bout de ses doigts tremblait à peine, trahissant son effort, mais le reste de son corps ne bougeait pas.

Il se cambra, ferma les yeux et tint la position jusqu'à ce que cesse le tremblement de ses doigts. Puis, tout en baissant les bras, il ramena avec précaution devant lui sa jambe arrière en décrivant un arc de cercle pour se retrouver en position assise. Il ouvrit les yeux.

— Très impressionnant, dis-je.

— J'étais nettement meilleur avant, répondit-il en secouant énergiquement la tête dans une pluie de gouttelettes de sueur. Je faisais de la danse à l'université.

— Où ?

— Où ? répéta-t-il en souriant. J'ai été à Yale pendant deux ans, un autre à l'Université de New York et à Vanderbilt pendant quelques mois. J'ai pas mal bougé.

— Sans jamais finir avec un diplôme ?

— Non, jamais.

Il se leva, s'approcha du lit, un simple matelas posé dans un coin, et tendit la main.

— Lève-toi, je t'emmène prendre le petit déjeuner.

Je le laissai me tirer hors du lit et nos corps se mêlèrent. Il était encore rouge et un peu en sueur, et ses cheveux effleurèrent mon visage comme un vent tiède.

Une heure plus tard, nous étions à une table dans un coin sombre et enfumé d'un café de Castro. Le serveur débarrassa nos assiettes et nous resservit du café.

— Alors, tu te considères toujours comme un junk ? demandai-je, poursuivant notre conversation.

— Bien sûr. Je suis accro, que j'en prenne ou pas, parce qu'être défoncé, c'est l'état normal, pour moi, celui où je fonctionne le mieux. Quand je ne prends rien, je suis angoissé.

— Je le suis pas mal aussi, parfois, mais je n'ai jamais éprouvé le désir de me plonger dans l'oubli.

— Il n'y a pas que l'effet anesthésiant qu'on recherche, quand on se drogue. Il y a aussi le flash, et c'est intense, comme jouir sans faire l'amour.

— C'est ce que m'ont raconté certains clients. L'un d'eux disait que c'était comme la petite mort.

Hugh me dévisagea avec curiosité.

— Tu sais ce que ça veut dire ? demanda-t-il.

— Qu'on se perd, j'imagine.

— Exactement. *La petite mort*[1], c'est le terme qu'utilisaient autrefois les Français pour l'orgasme. Ils pensaient que le sperme est une sorte de sang concentré et que chaque fois qu'un homme jouissait, il abrégeait un peu sa vie en répandant un sang qui ne pouvait être remplacé.

— Et les femmes ?

— À l'époque, comme aujourd'hui, les hommes se souciaient peu de ce qu'éprouvaient les femmes. (Il termina son café.) Allons faire un tour.

Alors que nous descendions Castro vers Market, Hugh me prit la main. Gêné, je le laissai faire malgré tout. J'avais du mal à comprendre pourquoi coucher avec d'autres hommes me semblait naturel, mais pas les petites attentions et les gestes affectueux. De ma première fois, je me souvenais surtout d'une tendresse inattendue. Cela m'avait troublé — désorienté, je crois. Je pensais que l'homosexualité était sombre et furtive et je m'étais

1. En français dans le texte.

trompé. Mon *coming-out* fut un moment bouleversant, mais libérateur, en dissipant bien des doutes qui avaient sapé ma confiance en moi-même. Je me rappelle avoir pensé à l'époque : voilà, c'est tout, l'une des pires choses qui puisse arriver est passée. Et la vie continue.

En arrivant au coin de Castro et en traversant vers Market, il lâcha doucement ma main. Nous étions sortis du ghetto. Je repris la sienne. Il me regarda, surpris, puis il la serra. Et la vie continua.

Quand je rentrai, il y avait sur mon répondeur trois messages d'Aaron Gold, chacun plus hystérique que le précédent. Je ne pouvais pas lui en vouloir. J'étais parti à San Francisco pour une journée et j'y étais resté une semaine. Finalement, fatigué de porter les vêtements de Hugh et ayant besoin d'un petit répit dans notre relation de plus en plus passionnée, j'étais rentré chez moi prendre mon courrier et me changer.

J'appelai Gold à son bureau.

— Tout va bien ? furent ses premiers mots. J'étais prêt à appeler les hôpitaux.

— Ça va. Pourquoi t'inquiètes-tu autant ?

— Nous étions censés dîner ensemble lundi. Et nous sommes vendredi.

— Bon sang, Aaron, j'avais complètement oublié. J'aurais dû t'appeler d'en ville.

— En ville ? C'est là-bas que tu étais ?

— Oui, chez Hugh Paris.

— Il vit où ?

— Pourquoi ?

Il y eut un long silence à l'autre bout du fil.

— Aaron ? Tu es toujours là ?

— Tu y retournes ?

— Ce soir.

— Il faut que je te voie avant, dit-il d'un ton bizarre.

— Pas de problème. Quand ?

— Je te retrouve dans une heure chez *Barney's*.

Il était déjà au bar quand j'arrivai, le regard fixé, un peu morose, sur un grand verre bourré de morceaux de fruits.

— On dirait quelqu'un qui a perdu son meilleur ami, dis-je en m'asseyant. Qu'est-ce que tu bois ? demandai-je en touchant le verre. Un Pink Lady ?

Comme il ne répondait pas, j'ajoutai, par provocation :

— Les juifs ne sont vraiment pas doués, quand il s'agit de commander de l'alcool.

— Tu es bien guilleret, dit-il aigrement.

Je commandai à la serveuse une bière mexicaine.

— Je suis heureux, Aaron.

— Hugh Paris ? demanda-t-il d'un ton un rien méprisant. Dis-moi, que sais-tu de lui, au juste ?

— Je ne sais pas très bien ce que tu veux dire.

Il attendit qu'on m'apporte mon verre, puis :

— Tu as entendu parler de Grover Linden ?

— Dans cette ville, ce serait comme de me demander si je sais qui est mon père.

— Arrière-arrière-grand-père. C'est ce qu'il est, pour Hugh Paris.

— Tu es sérieux ?

Gold hocha à peine la tête.

La première fois que j'avais entendu le nom de Grover Linden, j'étais au lycée, à Maysville. Sa photo figurait sur mon manuel d'instruction civique et la légende présentait ce barbu au visage rond comme le constructeur du chemin de fer. Celui qui reliait les deux côtes, avais-je appris, avait nécessité dix ans de travaux et coûté la vie à des centaines de Chinois qui travaillaient d'arrache-pied à traverser les sierras durant trois des plus rigoureux hivers du XIXe siècle.

C'est grâce à ce chemin de fer que San Francisco était passée du statut de village côtier à celui de ville internationale. Et grâce à lui que Grover Linden, après avoir commencé comme forgeron à Utica, avait bâti la fortune qui faisait de lui l'homme le plus riche d'Amérique.

Linden s'était élevé jusqu'au rang de sénateur et avait acheté sa nomination comme candidat du Parti Démocrate à la présidence. Il avait perdu cette élection, trop opulent et corrompu pour une époque pourtant opulente et corrompue, l'Âge d'Or.

Il s'était mis l'opinion publique à dos et avait été forcé de se retirer de sa compagnie de chemin de fer par une décision de la Cour Suprême, que j'avais étudiée en faculté durant mon cours sur la loi anti-trust. Presque fortuitement, il avait fait don d'une vaste portion de terrain sur la péninsule de San Francisco et fondé l'université qui porte son nom.

Le premier président, Jeremiah Smith, gendre de Linden, avait courtisé l'Ivy League, attirant en Californie les meilleurs professeurs en leur promettant des fonds illimités pour leurs recherches. En moins d'un siècle, la Linden University était connue dans le monde entier comme l'une des meilleures institutions privées du pays. Lors de notre remise de diplômes, le discours d'ouverture avait été prononcé par un juge de la Cour Suprême des États-Unis, devant un parterre distingué comprenant la moitié de celle de Californie et les gouverneurs de trois États en fonction, tous anciens étudiants. Et Linden, dont les statues et portraits étaient partout, reposait sur le terrain de l'université dans un mausolée de marbre, avec sa femme, sa fille et son gendre.

— Hugh ne t'a pas parlé de sa famille ? demanda Gold.

— Non, pas vraiment. Enfin, il a évoqué une famille fortunée, mais j'étais loin de me douter...

— Il ne t'a pas dit que son grand-père était le Juge Paris ?

— Tu parles de Robert Paris ? (Il hocha la tête.) Il me l'a dit, mais comment veux-tu faire le rapport entre Robert Paris et Grover Linden ?

— C'est compliqué, dit Aaron. (Il prit le petit napperon de papier un peu humide sous son verre et sortit un stylo.) Regarde. Voilà l'arbre généalogique des Linden.

En haut figuraient Linden et sa femme Sarah. La génération suivante se composait de leur fille, Allison, mariée à Jeremiah Smith.

— Ensuite, continua Gold, il y a eu deux enfants, John et Christina Smith. Christina a épousé Robert Paris.

— John Smith ne s'est jamais marié ?

— Non. (Il haussa les épaules.) Les descendants de Linden ne sont pas très prolifiques. Christina et Robert Paris ont eu deux fils, Jeremy et Nicholas.

Il dessina la génération suivante.

— Nicholas a épousé Katherine Seaton. Hugh est leur fils. Quant à Jeremy, il est mort sans descendance.

Il rangea son stylo pendant que j'examinais le dessin.

— Hugh est le dernier descendant vivant de Grover Linden ?

— Non, John Smith est tout ce qu'il y a de vivant. Il dirige la Fondation Linden.

Gold voulait parler de l'énorme fonds dont les revenus finançaient les recherches de l'université, allant de remèdes contre le cancer aux bombes nucléaires toujours plus grosses et plus mortelles, avec un intérêt tout particulier pour celles-ci.

— John Smith, répétai-je. (Brusquement, un éclair me vint.) C'est lui qui a payé la caution de Hugh.

Gold haussa un sourcil, mais il ne releva pas.

— Il y a d'autres descendants en vie ?

— Le père de Hugh, Nicholas.

— Il m'a dit que son père était mort.

— Ça vaudrait peut-être mieux pour lui. Il est enfermé à l'asile. Complètement timbré.

— Et sa mère, Katherine ?

— Les parents ont divorcé il y a vingt ans. Je ne sais rien d'elle.

— Tu as l'air pourtant bien renseigné. Pourquoi ?

— Robert Paris est l'un de mes clients, dit-il d'un ton lugubre. Je t'en dévoile déjà bien plus que je ne devrais.

— Et pourquoi m'en dire autant ?

— Pour ton bien. Hugh Paris est le mouton noir de la famille.

— C'est-à-dire ?

— Il a de gros problèmes de drogue.

Je hochai la tête et pris une gorgée de bière.

— Et il a été hospitalisé pour... je crois qu'on pourrait qualifier cela de problèmes affectifs.

Cela, je l'ignorais, mais ravalant mon étonnement, je hochai la tête.

Gold parut ennuyé. Probablement s'attendait-il à me voir plus surpris.

— Je suis au courant de tout ça.

— Et tu as toujours l'intention de le fréquenter ?

— Je ne suis pas un gamin, rétorquai-je pour l'irriter un peu plus. Je voudrais savoir quelle est ta source. Robert Paris ?

— Ne me demande pas de violer le secret professionnel.

— On se réfugie stratégiquement dans la déontologie, Aaron ?

— Écoute, Henry, je suis sur la corde raide à cause de toi. Ce type est fou. Il a menacé son grand-père, l'a harcelé au téléphone jour et nuit, lui a écrit des lettres insensées.

— Je refuse de te croire, objectai-je, craignant un peu tout de même que ces allégations soient fondées.

Gold tira de sa poche intérieure une poignée de lettres maintenues par un élastique qu'il jeta devant moi.

— Lis-les, m'enjoignit-il, péremptoire.

Je feuilletai la liasse. Les enveloppes portaient le cachet de San Francisco et l'adresse de Robert Paris à Portola Valley, mais pas d'adresse d'expéditeur. Je me rendis compte que je ne savais pas à quoi ressemblait l'écriture de Hugh. M'accrochant désespérément à ce mince espoir, je reposai les lettres.

— D'où tu les tiens ?

— Tu as peur de les lire ?

— Va te faire foutre, dis-je en me levant.

Mais Gold m'avait devancé.

— Très bien. Tu peux m'envoyer balader, mais tu as toi-même des doutes sur ce type, n'est-ce pas ?

Il avait vu juste, mais je n'avais pas l'intention de lui concéder cette victoire.

— Garde-les, ajouta-t-il en désignant les lettres. Cela te fera une lecture édifiante.

Il sortit. Je le vis passer devant la vitrine sans me jeter un regard. Je résistai à la tentation de le suivre — ne sachant trop quoi lui dire — et terminai mon verre. Puis je ramassai la liasse, la mis dans la poche de mon blouson et m'en allai reprendre ma voiture.

Les lettres pesaient dans ma poche. Je n'avais pas eu beaucoup de temps pour mieux connaître Hugh, d'autant moins que je l'avais vu au travers des brumes de l'amour, mais je n'avais pas totalement perdu la tête. Hugh était un homme dérangé, suffisamment pour proférer des menaces, sinon les mettre à exécution. Sa haine pour son grand-père était étroitement mêlée à son éveil à la sexualité, et son grand-père demeurait un personnage effrayant, mais séduisant.

Et puis, la drogue y était aussi pour quelque chose. Cette façade de charme et d'humour dissimulait la ruine. J'avais perçu tout cela et mes sentiments pour lui n'en étaient que plus profonds et protecteurs. Les lettres — et là, j'étais à peu près certain qu'il les avait vraiment écrites — ne simplifiaient pas l'affaire. Elles prouvaient que le problème était plus grave que je ne pensais mais, quand bien même, Hugh méritait que je lui donne la possibilité d'expliquer ou de nier.

Je l'appelai à peine revenu chez moi. Le téléphone sonna, longtemps. Je me représentai la pièce vide dans la maison, le téléphone geignant dans le silence. L'angoisse que j'avais éprouvée dans le bar augmentait de minute en minute, de plus en plus diffuse. Nourrie par ma fatigue physique et mentale, elle frôlait à présent la panique brute et irréfléchie. Je jetai quelques vêtements dans un sac, courus à ma voiture et fonçai en ville.

Je fis à peine attention à la circulation et à la lumière qui diminuait en cette fin d'après-midi. Le temps que j'arrive chez Hugh, le soleil se couchait. Je remarquai tout d'abord les lumières éteintes. Mes mains tremblaient tandis que je montais les marches de la véranda.

Je cherchai vainement des traces d'effraction sur la porte, puis je frappai, beaucoup trop fort et trop longtemps. Pas de réponse. Je me dévissai le cou pour regarder au coin de la véranda par la fenêtre. Le salon rempli d'une pénombre grise et silencieuse me convainquit avec une force presque physique : il n'y avait personne.

Je remontai dans ma voiture en me disant qu'il finirait bien par être forcé de rentrer. Je n'avais plus qu'à attendre. J'attendis donc. Les lampadaires s'allumèrent dans la rue. Une voiture de police passa. J'entendis un chien aboyer. Un homme et une femme passèrent, main dans la main, et jetèrent un coup d'œil à ma voiture. Je consultai ma montre. 22 heures.

La seconde fois que je la regardai, il était presque 6 heures du matin et j'étais ankylosé sur mon siège. Ma panique s'était dissipée, mais en regardant la maison, il me sembla que quelque chose était mort.

Je remontai à la véranda et frappai. J'attendis quelques minutes en observant le quartier qui s'éveillait en cette nouvelle matinée de fin d'été parfaite. Abattu, je retournai à ma voiture et partis. Le trajet du retour me parut interminable.

Une policière, grande et blonde, était adossée au mur devant mon appartement. Elle me demanda si j'étais Henry Rios et, comme je hochais la tête, elle me pria de la suivre jusqu'à sa voiture.

— Que se passe-t-il ?

— Un homme est mort, dit-elle simplement. Il avait votre carte de visite sur lui.

— Qui est-ce ? demandai-je, un frisson glacé me parcourant l'échine.

Brusquement, la vive lumière du matin me sembla sale et irréelle.

— Nous n'en savons rien, répondit-elle d'un ton vif. Il n'avait pas de papiers. Nous voudrions que vous veniez à la morgue pour l'identifier.

Son coéquipier, debout contre la voiture, pianotait sur le toit. Il ouvrit la portière arrière pour moi. Tous deux montèrent à l'avant et nous descendîmes la rue silencieuse.

— Vous êtes difficile à retrouver, observa-t-elle. Nous essayons depuis hier soir.

— J'étais sorti.

— Célibataire, sourit l'autre dans le rétroviseur.

Je souris à mon tour.

Le coroner était un Noir dont la peau sombre contrastait avec une blouse d'un blanc immaculé, au visage rond et placide et aux vifs yeux noirs. Un visage réservé, qui garde ses secrets. Il me conduisit dans un couloir qui empestait les produits chimiques. Les policiers suivaient à quelques pas, parlant à voix basse. Arrivé devant la salle, il leur demanda d'attendre dehors.

— Ils sont comme des vrais gosses,

là-dedans, dit-il à leur propos, une fois à l'intérieur. Ils tripotent tout.

Je me contentai de hocher la tête en balayant la salle du regard. Sur l'une des parois s'ouvraient des tiroirs métalliques. Sur la façade, juste sous la poignée, des cartons avec des noms tapés à la machine étaient glissés dans des fentes. Le long du mur d'en face étaient alignées des tables roulantes en acier. Il faisait plutôt froid dans la salle. Une pièce toute blanche. Des néons blancs. Le coroner avait des gestes rapides et efficaces.

— Quand est-ce arrivé ? demandai-je alors qu'il s'apprêtait à ouvrir un tiroir portant l'étiquette NON IDENTIFIÉ.

— L'heure du décès est estimée à 22 h 30, hier soir. On l'a trouvé dans le torrent, le San Francisquito Creek, sous le pont menant au campus. Noyé.

— Dans moins d'un mètre d'eau ? demandai-je, incrédule.

— Nous avons prélevé un peu de sang, expliqua-t-il sans émotion. Il avait assez d'héroïne dans les veines pour tuer cinq junks.

J'ouvris la bouche, mais rien n'en sortit.

— Vous êtes prêt ?

— Oui.

Il tira sur la poignée. Le tiroir coulissa lentement, découvrant d'abord la tête, puis le torse, jusqu'aux parties génitales. Il s'arrêta et recula, comme s'il voulait examiner l'œuvre de la mort.

L'élégant cadavre était d'un blanc de

marbre. Je vis une veine bleu sombre courant le long du bras, et une marque de piqûre, rouge et irrégulière, juste en dessous de l'aisselle. Il avait des ecchymoses sur la poitrine. Sa tête reposait sur une sorte d'oreiller. La mort avait privé son visage de son expression charmeuse, mais c'était lui.

— Il s'appelle Hugh Paris, prononçai-je, tandis que le coroner sortait un calepin et notait. Son grand-père est Robert Paris, domicilié quelque part dans Portola Valley. Je ne sais pas où exactement.

J'entendais le crayon gratter sur le papier, mais je ne pouvais détacher mes yeux du visage de Hugh.

— C'est tout ?

— Oui, c'est tout.

— La police va vous demander une déposition.

Je levai les yeux vers le coroner. Il contemplait Hugh, une lointaine tristesse dans son regard impassible.

— Un si jeune homme. C'est affreux.

Je hochai la tête et m'en allai en entendant le tiroir se refermer. Les deux policiers fumaient à l'autre bout du couloir. Ils levèrent la tête en me voyant et la femme sourit. En les rejoignant, je vis son sourire s'évanouir. Je m'arrêtai, passai un revers de main sur mes yeux et la regardai. Elle était mouillée. Je ne m'étais pas rendu compte que je pleurais.

4

— D'après le coroner, c'était un accident.

— Il a également déclaré qu'il était drogué.

— Ce mec était un junk. Qu'est-ce que vous vous imaginiez ?

Torres souffla un nuage de fumée de cigare dans la petite pièce sans fenêtre, puis il se renversa dans son fauteuil pivotant, révélant un ventre énorme qui retombait sur la boucle métallique de sa ceinture formée des lettres USMC — le sigle de l'US Marine Corps. Son bureau croulait sous la paperasse, mais il avait laissé un petit espace pour déposer sa plaque : SAMUEL TORRES, INSPECTEUR, BRIGADE CRIMINELLE.

Torres et moi nous connaissions depuis longtemps. J'avais un jour disséqué sa déposition dans une affaire de meurtre où il avait mené l'enquête. Il avait eu de la chance de ne pas se faire siffler par le jury en quittant le box. Ni lui ni moi n'avions oublié son humiliation.

Il me dévisagea de ses petits yeux noirs. Au

mur, au-dessus de son visage grêlé et empâté, était accroché un calendrier distribué par une association de policiers. Le dessin représentait deux flics devant un arbre en fleur. Ils portaient leurs uniformes noirs, des casques anti-émeutes, mâchoires serrées pour affronter l'avenir. Un travail d'artiste, bien dans leur style. Ce dessin m'en disait long sur les flics : menaçants, paranoïaques — et pas très futés.

— Un junkie sait jusqu'où il peut aller, repris-je.

Il était 15 heures et je n'étais pas rentré chez moi depuis ma visite à la morgue.

— Hé, tout le monde peut se tromper. Ce mec voulait se défoncer. Et puis de toute façon, maître (il insista avec mépris sur le mot), on a bien cerné le bonhomme.

Ce fut mon tour de ricaner.

— Mais oui. Vous avez tout compris : il se balade à l'université à 10 heures du soir, défoncé jusqu'aux yeux, perd l'équilibre, trébuche sur le bord du ruisseau et se noie dans un mètre d'eau. Ça arrive tous les jours.

— Vous me faites perdre mon temps.

— Vous n'avez pas besoin de moi pour ça, inspecteur.

— Attention, Rios. On n'est pas au tribunal. Vous n'avez pas de juge pour vous couvrir.

— Arrêtez, je suis mort de peur.

— Ormes, sortez-le d'ici.

La seule autre personne dans le bureau, une

femme qui nous écoutait sans rien dire, se leva et s'approcha de moi. Sa plaque l'identifiait comme Terry Ormes, inspectrice. Grande et mince, elle portait une robe bleu marine d'une coupe si austère que je l'avais d'abord prise pour un uniforme. Son visage franc paraissait encore plus laid avec sa coupe de cheveux et l'absence de maquillage.

Ce n'était pas le genre qu'on avait envie de regarder plus longtemps, mais si on s'y forçait, on était récompensé. Il rayonnait d'intelligence. Elle me considéra un instant de ses yeux d'un gris lumineux.

— Allons, Mr Rios, dit-elle aimablement. Je vous raccompagne.

Je haussai les épaules et la suivis sous les néons d'un couloir, jusqu'à l'accueil et aux marches du commissariat. C'était un après-midi frais et nuageux.

— Votre collègue est un connard, lançai-je, dépité.

— Sam est dans le métier depuis longtemps et il est buté. Ce n'est pas un mauvais flic, il est juste à bout.

La douceur de sa réponse coupa court à ma colère.

— Eh bien, merci... inspectrice.

— Terry, précisa-t-elle en tendant la main.

— Je m'appelle Henry, répondis-je en la serrant.

— Je crois que vous avez raison concernant Hugh Paris. Je pense qu'on l'a tué. Seulement, je ne vois pas du tout qui ni pourquoi.

— Vous avez le temps de discuter ? lui demandai-je. (Elle hocha la tête.) Allons prendre un café, alors, proposai-je en désignant le *Denny's* de l'autre côté de la rue.

— Vous avez l'air crevé, remarqua-t-elle une fois assise avec moi dans une alcôve en plastique orange.

Je bus une gorgée de café, si brûlant que je n'en sentis pas le goût.

— J'ai eu une longue journée qui a commencé par la morgue. Pourquoi pensez-vous que Hugh a été assassiné ?

— J'étais la première de la criminelle sur les lieux ce matin. Vous connaissez la passerelle ?

J'acquiesçai. Le San Francisquito Creek coulait à l'est le long du campus, en bordure d'une forêt qui s'étendait de part et d'autre de l'entrée de l'université. Le torrent s'enfonçait pour rejoindre la baie au nord et son cours était souterrain dans la ville. À la hauteur du campus, la rive était deux mètres au-dessus de l'eau.

De l'autre côté se dressait un centre commercial. C'est là que la passerelle l'enjambait pour permettre aux piétons de rejoindre le centre depuis les allées traversant la forêt. La portion de forêt alentour, théâtre de plusieurs viols quelques années plus tôt et particulièrement touffue, avait mauvaise réputation. Ce n'était pas le genre d'endroit où on allait se promener la nuit.

— Je suis arrivée avant qu'on sorte le corps de l'eau. C'était à l'aube et je les ai regardés depuis la passerelle. Je jure avoir vu sur la rive des empreintes de pas qui ne venaient pas d'une seule paire de chaussures.

— De combien ?

— Au moins deux. Le sable avait bien marqué les empreintes.

— On a pris des photos ?

— Je suis retournée appeler un photographe de ma voiture, mais quand je suis revenue sur les lieux, les secouristes s'étaient rués sur la rive pour le sortir de l'eau. Ils avaient tout piétiné et on ne voyait plus rien.

— Ça ne va pas beaucoup m'aider, maugréai-je.

— Ce n'est pas tout, continua-t-elle en reposant sa tasse. J'ai arpenté la rive une demi-douzaine de fois. Je n'ai rien vu, pas le moindre fil ou bout de verre, pas de sang ni de cheveu. Si Hugh Paris a glissé à cet endroit, il a fait sacrément attention à ne laisser aucune trace. Et une dernière chose, aussi. Vous avez vu le corps ? (J'acquiesçai.) Vous avez vu son dos ?

— Non.

— Il a des contusions sur les épaules. Je pense qu'on lui a maintenu la tête sous l'eau pour le noyer.

— Mon Dieu.

Ce fut tout ce que je parvins à répondre. Nous restâmes un long moment immobiles sans rien dire.

— Vous en avez parlé à Torres ?

— Bien sûr, mais ça ne figure pas dans son rapport. Je vous l'ai dit : Sam est à bout. Cette affaire paraissait trop compliquée à argumenter pour prouver le meurtre.

— Enfin, soupirai-je, il a peut-être raison. Un jury ne déclarerait personne coupable sur aussi peu de preuves.

— Pourquoi cela vous tient-il tant à cœur ? demanda-t-elle avec un regard impassible.

— Hugh était mon ami. Il m'avait dit qu'on voulait le tuer et je ne l'ai pas cru. Maintenant, je lui dois la vérité, quelle qu'elle soit.

— C'est tout ?

— Vous voulez vraiment tout savoir ?

— Non, répondit-elle vivement. Si c'est personnel, gardez-le pour vous. Mais si cela peut me servir pour l'enquête, dites-le-moi. Ça vous va ?

— Très bien, inspectrice. Il va me falloir un peu de temps avant de pouvoir vous dire autre chose.

Elle sortit une carte de visite et griffonna un numéro au dos.

— Mon téléphone personnel, expliqua-t-elle en me la tendant. Comme l'enquête est officiellement terminée, ne m'appelez pas au bureau. Je ferai tout mon possible pour vous aider.

— Pourquoi ?

— Je suis flic, dit-elle avec un rien de défi dans la voix. Nous ne sommes pas tous comme Sam.

Je terminai mon café et allai téléphoner au bureau du coroner pour savoir quand seraient rendus le rapport d'autopsie et les conclusions officielles. J'appris que le corps avait été réclamé par la famille et qu'il n'y aurait pas d'autopsie. On s'en tenait aux conclusions préliminaires : décès accidentel.

J'eus du mal à tirer d'autres renseignements de cette voix bureaucratique geignarde et asexuée à l'autre bout du fil, mais j'appris finalement que le corps de Hugh avait été remis à sa mère, Katherine Paris, qui avait donné une adresse en ville et l'université comme lieu de travail.

La nuit était tombée quand je rentrai. Ma ruc bordée d'arbres était déserte, et aux fenêtres des maisons voisines brillait la lumière jaune du confort familial. Mon appartement, lui, serait sombre et glacial. L'espace d'un instant, je songeai à dépasser mon immeuble jusqu'au bar le plus proche, mais j'étais trop fatigué. Toute cette journée pesait sur moi et ses images me rongeaient comme une douleur sourde.

Enfin, nous n'étions tout de même pas faits

pour vivre dans les circonstances effroyables dans lesquelles nous nous trouvons si souvent, seuls, effrayés, réduits au silence. Je me garai, descendis de voiture et restai indécis dans l'allée. Avec qui allais-je pouvoir partager ce deuil ?

Aucun nom ne me vint à l'esprit. Je montai à mon appartement, glissai la clé dans la serrure, ouvris, traversai le salon jusqu'à la chambre et m'allongeai sur le lit tout habillé.

Malgré ma fatigue, je me forçai à revivre ma dernière journée passée avec Hugh en cherchant dans ma mémoire quelque chose qui explique sa mort. Il s'était levé de bonne heure, avait mis une cravate et un blazer. Il avait dit sortir pour affaires et m'avait demandé de le retrouver à St Francis vers midi. Je m'étais habitué aux allées et venues solitaires de Hugh, et m'étant assuré qu'il n'était pas question de drogue, je ne m'en souciais plus.

J'étais arrivé à St Francis en avance et je tournais le coin de Geary Street quand j'avais repéré Hugh, dos tourné, en grande conversation avec un homme de haute taille, plus âgé. Ils avaient discuté un moment, puis l'homme était monté dans une Rolls argentée.

Oncle John. John Smith.

C'est ainsi que Hugh l'avait appelé. Oncle John. Mais il avait refusé d'en dire plus et nous nous étions disputés au cours du déjeuner à cause de cela.

— C'est pour te protéger, avait-il dit.

Oncle John.

Cet après-midi-là, nous avions fait l'amour. Et puis...

Je me réveillai quatre heures plus tard, me retournai sur le dos et me redressai. J'étais certain de ne plus être seul chez moi. J'allumai la lampe et me levai en faisant exprès beaucoup de bruit.

Puis, comme un gosse terrorisé, j'allai de pièce en pièce, bruyamment, en parlant dans le noir et en allumant les lampes les unes après les autres. Je finis par me retrouver au milieu du salon. J'étais seul. Je restai là quelques minutes, l'esprit et le cœur vides, sans savoir quoi faire. Puis mon ventre, qui avait patienté toute la journée, grogna pour réclamer à manger.

Je ne trouvai dans le réfrigérateur qu'une pomme toute ridée et une boîte de cottage-cheese périmé. Je finis par me rabattre sur une bouteille de Jack Daniels et un sachet de cacahuètes rescapé d'un voyage en avion oublié depuis longtcmps.

Je m'assis pour réfléchir. C'était probablement une perte de temps que d'échafauder des théories fantaisistes sur un crime alors que les indices étaient à peine suffisants pour prouver qu'il avait bien été commis. J'étais convaincu que Hugh avait été assassiné, mais je ne pouvais me fonder que sur ses allégations et les observations officieuses de Terry Ormes. D'évidence, il allait falloir que j'en sache plus sur la famille Paris et les derniers mois de Hugh.

Cela, je le laisserais à Ormes : grâce aux ressources de la police, elle pourrait fouiller dans la paperasserie que nous produisons tous au cours de notre existence. Quant à la famille Paris et à ses relations avec Hugh, deux noms me vinrent immédiatement à l'esprit : Aaron Gold et Katherine Paris. Et ce fut le trou noir. Puis finalement, un troisième me vint. Grant Hancock. Je retournai ce nom dans ma tête avant d'écrire mentalement en face : *en dernier recours*. Et je me servis un autre verre.

Les bureaux de Grayson, Graves & Miller, le cabinet d'Aaron Gold, occupaient les trois derniers étages du plus haut immeuble de la ville. Un ascenseur moquetté et lambrissé m'emmena prestement au vingtième et s'ouvrit sur une réception aussi vaste que tout mon appartement — et considérablement mieux meublée.

Une femme d'âge mûr, assise à un bureau en demi-lune, sous un tableau de Rothko, manipulait le standard le plus sophistiqué qui soit. Foulant l'épaisse moquette en contournant les profonds fauteuils et canapés disposés çà et là, je m'avançai et demandai Aaron. M'ayant toisé d'un regard, elle m'invita à attendre.

Au lieu de m'asseoir, je m'approchai d'un

immense globe que je fis tourner. Entendant un toussotement réprobateur, je m'éloignai vers la fenêtre. Elle donnait sur les collines et la région où, derrière de rustiques murs de pierre et des systèmes d'alarmes sophistiqués, les riches clients du cabinet se protégeaient du XXe siècle. Grayson, Graves & Miller n'était qu'une arme de plus dans leur arsenal.

La réceptionniste m'appela et m'indiqua une porte voisine de son bureau. Je me retrouvai devant un interminable couloir à moquette bleue bordé de portes fermées. J'entendais un concert de voix surexcitées derrière. La climatisation soufflait désagréablement un air glacial tandis que je descendais le couloir en cherchant le bureau d'Aaron. Je me rendis brusquement compte que c'était exactement ainsi que j'imaginais l'Enfer.

Au même instant, une porte s'ouvrit et Gold sortit pour venir à ma rencontre. Je lui trouvai une démarche un rien moins sportive, aujourd'hui, et son ventre retombait un peu sous son élégante chemise sur mesure. Des rides de fatigue creusaient ses joues et cernaient ses yeux et il avait les cheveux ébouriffés de celui qui n'a pas dormi.

En entrant dans son bureau, il pria sa secrétaire de ne pas nous déranger. Sur la table était ouvert le journal de la veille à la page annonçant la mort de Hugh. Je m'assis sur le coin du bureau tandis qu'Aaron restait debout devant moi, hésitant.

— J'allais t'appeler, dit-il.

— Je t'ai épargné cette peine.

Je soulevai un coin du journal.

— Hugh m'avait dit qu'il était en danger. Je ne l'ai pas cru. (Gold ne répondit pas.) Il m'avait même dit qui voulait le tuer : son grand-père, Robert Paris. Un client de ton cabinet.

Gold secoua la tête.

— Ça ne peut pas être vrai, déclara-t-il d'un ton peu convaincant.

— Dans ce cas, à quel sujet voulais-tu m'appeler ?

Gold alla se servir un scotch à son bar. Il me tendit la bouteille. Je fis signe que non.

— Quelqu'un t'a confié les lettres de Hugh, continuai-je. Le destinataire, je présume. Si Robert Paris est mêlé à la mort de Hugh et que tu le protèges, tu es déjà complice.

— Épargne-moi tes sermons sur mon statut juridique, répondit sèchement Aaron. Je voulais simplement parler.

— Je t'écoute.

— Les affaires du Juge Paris sont gérées par les deux plus anciens partenaires de la firme, commença-t-il, mais elles sont suffisamment nombreuses pour qu'on en délègue. Raison pour laquelle j'en ai traité certaines et que j'ai entendu parler de Hugh Paris et appris qu'il était le petit-fils du juge. Qu'il représentait un problème.

Il haussa les épaules.

— Ça ne m'a pas marqué sur le moment. (Il but une gorgée de scotch.) Cependant, quand tu m'as dit qu'il était en prison, j'ai pensé que c'était assez important pour que j'en parle à l'un des associés chargés du juge. J'ai pensé que nous pourrions peut-être faire quelque chose pour lui.

Que *tu* pourrais, songeai-je. Mais je gardai cela pour moi.

— Je me suis retrouvé sur le gril, continua-t-il. Les deux *partners* m'ont questionné pendant plus d'une heure. Concluant que je ne dissimulais rien, ils m'ont expliqué que Hugh avait menacé le juge de mort. Ils m'ont montré les lettres et m'ont demandé de leur faire part de tout ce que j'apprendrais sur les faits et gestes de Hugh.

— Et tu l'as fait ?

— Évidemment, répliqua-t-il en vidant son verre. Ils m'avaient convaincu que Hugh était dangereux. Que c'était un drogué, que son père était fou. Des détectives privés engagés pour le surveiller à New York avaient rendu des rapports inquiétants. J'ai pensé que Hugh était une menace non seulement pour son grand-père, mais aussi pour toi.

— Tu ne l'as jamais rencontré.

Aaron n'écoutait pas.

— Mais plus ils m'en disaient, poursuivit-il, plus il me paraissait étrange que le juge se donne un tel mal et dépense autant pour surveiller Hugh. Cela m'a semblé disproportionné par rapport aux éventuelles menaces que Hugh aurait pu représenter pour Robert Paris.

— Et à présent, Hugh est mort.

— Oui. (Il quitta le divan et retourna se servir un verre.) Il y a trois jours, j'ai eu une réunion avec les *partners* sur le dossier Paris. Ils m'ont posé beaucoup de questions sur toi — des questions dont la teneur indiquait qu'on t'avait fait suivre.

— De quel genre ?

— Ils voulaient connaître la nature de tes relations avec Hugh.

— Et tu leur as dit ?

— Non, mais je crois qu'ils le savaient déjà.

Nous nous dévisageâmes, muets.

— Il y a trois jours, repris-je. Et le lendemain, quand nous avons déjeuné ensemble, tu as tenté de me convaincre de ne plus le fréquenter. Et le soir même, il était tué.

— Je jure que je n'ai rien à voir avec cela.

— Mais ton client, le juge... oui.

— Je ne pense pas que ce soit aussi simple. J'ai pris mes renseignements. Il se passe quelque chose qui remonte à bien longtemps et concerne pas mal de gens.

— Tu es bien mystérieux.

— Je ne peux pas être plus clair. Pas encore. (Il me regarda.) Je vais rester ici (il embrassa d'un geste large toute la firme) jusqu'à ce que je le découvre. Mais je ne veux pas te voir. Ce n'est pas prudent pour toi comme pour moi.

— Ce n'est pas le moment de partir chacun de son côté.

— Ils te font surveiller, Henry. Mais ils ne se font aucun souci sur ma loyauté. Tu me sers de diversion.

— Pourquoi fais-tu cela, Aaron ?

— Je ne veux pas être complice d'un crime. Soit je lave mon client de tout soupçon, soit je le convaincs de se livrer. C'est mon devoir.

— Alors nous avons des intérêts différents, parce que moi, je veux que justice soit rendue pour mon ami.

Il hocha la tête.

— On se tient au courant, Henry. Attends que je t'appelle.

— Il faut que tu me donnes quelque chose en échange, Aaron. Quelque chose à me mettre sous la dent.

— Très bien. Robert Paris a hérité des biens de sa femme après sa mort dans un accident de voiture. Elle avait un testament, mais elle est morte intestat.

— Je ne vois pas ce que cela vient faire dans l'histoire.

— Si tu parviens à comprendre, tu sauras qui a tué Hugh Paris.

Je perçus un tremblement dans sa voix et je pris peur, pour lui comme pour moi.

J'étais à l'université, assis dans le patio de l'union des étudiants, une heure après avoir quitté le bureau de Gold. Je venais voir Katherine Paris. Je contemplais l'étendue déserte de pelouses et de dalles. Une lumière brumeuse filtrait par les branches des arbres. Un serveur en veste blanche débarrassa ma table.

Comme les cours n'avaient pas encore repris pour les étudiants de première année, aucun bruit ni allée et venue ne troublait le silence. Je pensais à Hugh. La même fortune qui avait édifié cette université avait payé sa mort. L'argent était tout et rien, c'était quelque chose qui l'accablait et qui, peut-être, ne pouvait être maîtrisé que par l'institution. Il ne lui avait servi à rien de bon, cela n'avait été que le bruit de fond sur lequel il égrenait les notes de son malheur.

Je me levai et traversai la place pour rejoindre la librairie. C'était un cube beige de deux étages avec un toit de tuiles rouges, bien loin des débauches de style de l'Old Quad. Mais il faut dire que plus on s'éloignait de l'Old Quad, plus l'architecture prenait un caractère strictement utilitaire, puisque les étalages de richesse, personnelle ou institutionnelle, n'avaient plus de raison d'être.

J'entrai dans la boutique et arrêtai l'une des vendeuses en robe bleue pour lui demander où se trouvaient les livres de poésie. Elle m'indiqua le mur du fond, au deuxième. Les recueils de poésie couvraient une douzaine de longues étagères et il me fallut un moment pour me rendre compte qu'ils étaient rangés par ordre alphabétique.

Pendant une brève période, à l'université, j'avais écrit de la poésie. Comme c'est toujours le cas chez un étudiant, elle prenait sa source dans mon bas-ventre plutôt que dans mon esprit. Elle était un tantinet meilleure que la moyenne, peut-être, mais la littérature n'y perdit guère quand j'arrêtai d'écrire.

Cependant, cette courte incursion dans la poésie m'avait doté pour toujours d'un respect pour ceux qui l'écrivaient bien. Revoir des noms familiers, Auden, Frost, Richard Wilbur, me ramena à ces après-midi d'automne ensoleillés où je rédigeais dans ma chambre de piètres tercets.

Katherine Paris avait publié une demi-douzaine de minces volumes au cours des vingt dernières années et un épais recueil. Chacun était orné de la photo que j'avais vue chez Hugh, accompagnée de la même notice biographique. Elle était née à Boston, avait fait ses études à Radcliffe, une maîtrise à la Columbia et passait désormais son temps entre Boston et San Francisco.

Un National Book Award lui avait été décerné pour son œuvre et elle avait été nommée pour le Pulitzer. Elle était traduite dans douze langues (la liste suivait) et T.S. Eliot avait dit un jour de son œuvre qu'elle était elliptique. Rien sur un mari fou ou un fils homosexuel : apparemment, ces informations étaient de l'ordre de la vie privée.

Je déchiffrai péniblement une dizaine de ses poèmes avant de comprendre où Eliot avait voulu en venir. Son œuvre était en effet elliptique : elle laissait de côté l'essentiel, y compris logique et sens. Les mots ne décrivaient ni n'observaient rien. Ils étaient simplement posés sur la page.

C'était cérébral au dernier degré, l'équivalent verbal de la toile blanche présentée comme une peinture. Tellement abstrait qu'en attendre la moindre signification aurait été faire insulte à l'auteur.

Alors que je parcourais les textes, il me sembla qu'on m'observait. Je refermai le livre et jetai un regard alentour. Le jeune homme à côté de moi baissa aussitôt les yeux.

Il portait un short ample en toile dont le bas roulé découvrait des jambes musclées, un sweat-shirt blanc, un bandana rouge au cou et un petit badge représentant le lambda — symbole de la libération homosexuelle. Son visage rond était angélique et ses cheveux courts d'une teinte sombre indéterminée. Il paraissait environ vingt ans. Il leva les yeux vers moi et je me rendis compte qu'il me draguait et non qu'il m'espionnait.

— Bonjour, dis-je d'un ton léger.

— J'ai suivi son cours d'écriture créative au dernier trimestre, déclara-t-il en désignant le livre. (Puis, comme s'il se ravisait, il ajouta :) Je m'appelle Danny.

— Et moi Henry. Le cours vous a plu ?

— En fait, me confia-t-il en passant des doigts minces dans ses cheveux, c'est une bonne poétesse, mais une femme très névrosée.

— Les deux vont de pair, non ?

— Non. Je rejette l'idée de l'artiste maudit. Regardez Stevens et Williams : l'un était représentant en assurances et l'autre médecin.

— Excusez-moi, cela fait longtemps que je n'ai pas lu de poésie. Qui sont Stevens et Williams ?

Il parut un peu choqué.

— Wallace Stevens ? Williams Carlos Williams ? (Je secouai la tête.) Vous n'êtes pas étudiant ? En dernière année ? demanda-t-il en me dévisageant.

— Je suis avocat, et mon intérêt pour Katherine Paris est d'ordre professionnel, pas littéraire.

— Avocat, répéta-t-il comme s'il prononçait le nom d'un virus. Les avocats, ça ne porte pas un costume, quand ça travaille ?

J'étais en jeans et polo noir.

— Pas pour les visites à domicile, répondis-je. Où puis-je trouver Mrs Paris ?

— Au troisième étage, département d'anglais, dans l'Old Quad. Je vous accompagne, si vous voulez ?

— Bien sûr. Je vais payer mon livre.

Entre la librairie et l'Old Quad, j'en appris assez long sur les goûts de Danny en poésie, sa vie et ses projets, et j'eus également droit à une ou deux tentatives de drague délicatement voilées. Je ramenai chaque fois la conversation à Katherine Paris.

— Elle a un côté très grande dame, dit-il, mais il ne faut pas la mettre en rogne.

— C'est ce que vous avez fait ?

— Quand on a un minimum d'intégrité, ça arrive forcément. Ses opinions sont gravées dans le marbre.

— Pas écrites sur de l'eau ?

— Non, ça, c'est Shelley. Pas mal vu. En tout cas, elle ne laisse personne oublier que c'est elle qui a le pouvoir.

Nous avions atteint le département d'anglais. Il me gratifia d'un sourire rayonnant.

— Qu'est-ce que vous lui voulez, d'ailleurs ?

— Son fils a été tué sur le campus il y a

deux jours. C'était un de mes amis. Je veux lui poser quelques questions.

— Vous voulez parler du mec qu'on a retrouvé dans le torrent ? (J'acquiesçai.) C'est horrible. C'était un ami proche ?

Je posai le doigt sur son badge.

— Nous étions des amis proches.

Son expression signifia : « Et moi qui suis là à vous draguer... »

— Vous avez dû me prendre pour un vrai con.

— Comment pouviez-vous savoir ? demandai-je, logique. Merci de votre aide.

Nous nous serrâmes la main, lui, un peu gauchement, et je me souvins que c'était un geste rare chez les étudiants.

— Le poème où il est question d'écrit sur de l'eau, c'était à propos de Keats, n'est-ce pas ?

— Oui. Shelley l'a écrit à la mort de Keats. Il s'intitule « Adonais ».

Il s'apprêta à poursuivre, se ravisa, sourit de nouveau et s'éloigna. Je le suivis du regard, puis je tournai les talons et montai au troisième.

Katherine Paris ne ressemblait pas à une femme que quelqu'un aurait jamais pu appeler sa mère. Ses petits pieds étaient chaussés de babouches dorées et elle portait un ample caftan blanc qui faisait oublier qu'il y avait un corps dessous. Les perles bleues de son collier devaient être en lapis-lazuli. Elle ne portait pas d'autre bijou.

Elle avait la fausse bonne mine colorée d'une alcoolique, mais pas les douces rondeurs. C'est un visage anguleux que je vis en entrant, profondément ridé, profondément intelligent. Elle me pria de m'asseoir. Je m'assis. Elle continua à écrire.

Les murs étaient nus. Les rideaux étaient tirés pour masquer le soleil de l'après-midi et la seule source de lumière était sa lampe de bureau. Elle travaillait à une élégante table dont les pieds graciles semblaient à peine capables de supporter le poids des livres empilés dessus. Au bout d'un long moment, elle me regarda par-dessus ses demi-lunes, à l'évidence surprise de me voir encore là.

Je me présentai, manifestement à son grand plaisir, comme un admirateur de son œuvre. Elle accepta de me dédicacer le recueil de poésie.

— Comment avez-vous connu mes poèmes ? demanda-t-elle d'une voix grave et rocailleuse, rendue sourde par le whisky.

— Par votre fils, Hugh.

Aussitôt, son plaisir s'évanouit. Elle plissa les paupières.

— Je vois. Dites-moi, Mr Rios, quel est votre préféré ? D'ailleurs, avez-vous jamais ouvert ce... livre tout neuf ?

— Je l'ai ouvert, Mrs Paris, mais vous avez

raison, je ne suis pas venu pour vous en parler. Je suis avocat.

— Est-ce une menace ?

— Mrs Paris, j'étais l'ami de Hugh...

— Hugh était plutôt généreux, à cet égard. Il avait beaucoup trop d'amis. Étiez-vous l'un de ses amis... particuliers ? demanda-t-elle avec hauteur.

— J'avais de l'affection pour lui.

— Mr Rios, ricana-t-elle, faites-moi grâce de ce sentimentalisme homosexuel. Que me voulez-vous ?

— Je pense que Hugh a été assassiné. J'ignore encore par qui, mais la première chose à faire est de déterminer la cause exacte de son décès. Son corps a été réclamé avant qu'une autopsie...

— Cela suffit, trancha-t-elle. Vous débarquez de nulle part, vous me dites qu'on a assassiné mon fils et vous me demandez l'autorisation de l'ouvrir en deux ? demanda-t-elle d'un ton de plus en plus incrédule. Mais qui êtes-vous donc ? L'un de ses petits copains ? Vous pensez pouvoir retirer de l'argent de cette affaire ?

— Mrs Paris, dis-je, incapable de réprimer mon antipathie, je comprends l'immensité de votre chagrin, mais cependant, c'est de crime que je vous parle.

— L'immensité de mon chagrin ? Se faire tuer a été l'acte le plus altruiste qu'ait jamais commis Hugh. Quant au corps, il a été incinéré hier. Et en ce qui concerne la loi, Mr Rios, vous commettez une violation de propriété et dans un instant, je vais appeler la sécurité et vous faire expulser.

Elle décrocha le téléphone.

— Pourquoi a-t-il été incinéré ? demandai-je en me levant.

— Cela ne vous regarde pas, répliqua-t-elle. Sortez.

— Je vous remercie de m'avoir consacré du temps, Mrs Paris.

Elle raccrocha et se remit à écrire.

Revenu chez moi une heure plus tard, je buvais un gin-tonic dans le patio en regardant les nuages s'amonceler au-dessus de l'océan et en passant mes pistes en revue. Elles se résumaient à pratiquement rien. Il y avait les allégations de Hugh à l'encontre de son grand-père et la coïncidence de sa mort dans d'étranges circonstances.

Gold en savait davantage qu'il ne m'en disait, mais soit il ne pouvait rien dire de plus, soit il croyait vraiment que nos intérêts divergeaient suffisamment pour qu'il n'ait pas à se confier à moi. La piste Katherine Paris était une impasse. Il me fallait quelque chose de tangible. Il me semblait que Hugh Paris avait traversé l'existence comme un nomade, usant sa vie à mesure qu'il la vivait, en laissant très peu de chose derrière lui.

C'est alors que je me souvins des lettres. Elles étaient toujours dans la poche du blouson que je portais la veille. Je terminai mon verre et allai les chercher dans le placard. Tandis que je les étalais sur mon bureau, une voix intérieure me murmurait de ne pas les lire. J'avais peur de ce qu'elles contenaient, peut-être.

Je me servis un autre verre et restai à tourner devant mon bureau, vaguement, en les regardant : treize en tout, classées de la première, en juin, à la plus récente, une quinzaine de jours auparavant. Je finis par m'asseoir et commençai ma lecture.

Ce n'étaient pas vraiment les élucubrations d'un dément. D'un autre côté, elles ne recelaient pas grand-chose qu'on puisse qualifier de discours civilisé. C'étaient pour la plupart des invectives effroyablement détaillées, de nature psychosexuelle — cultivées, mais profondément dérangées.

Je repliai la dernière et la fourrai dans son enveloppe. Il me semblait impossible qu'elles puissent venir de Hugh, mais les détails le confirmaient.

Je me répétai que j'étais désormais son avocat, plus son amant, et qu'un avocat accepte sur son client des révélations qui feraient fuir un amant. Cela fait partie du masochisme du défenseur que de vouloir savoir le pire, en théorie, afin de l'inclure dans la défense, mais dans la pratique, pour confirmer une vision flétrie de l'humanité.

Si j'avais cru que les gens avaient un bon fond, j'aurais travaillé dans l'industrie du plastique. Les gens sont à la base des tordus et le mieux qu'on puisse faire pour eux, c'est les écouter, entendre le pire, et leur dire ensuite que ce n'est pas si grave.

Ce n'était pas si grave, Hugh, me dis-je mentalement. J'ai vu pire. Et les lettres contenaient des informations précises. Hugh tenait son grand-père pour responsable de la mort de sa grand-mère et de son oncle Jeremy. Il accusait également le juge d'avoir fait interner à l'asile son père Nicholas.

Enfin, il l'accusait de l'avoir privé de son héritage légitime. Il n'y avait guère d'explications puisque, évidemment, Hugh savait que son grand-père comprendrait ces allusions. Cela ne constituait pas des preuves, mais c'était déjà quelque chose. Une piste. Une théorie. La mort de Hugh servait en partie à couvrir des meurtres plus anciens. D'accord, c'était du vrai mélodrame. Mais c'est le cas de la plupart des crimes.

Je rassemblai mes pensées et appelai Terry Ormes. Son ton précis et amical fut pour moi un soulagement après le sombre murmure des lettres. Je lui exposai brièvement leur contenu, en omettant les détails scabreux.

— Cela ne représente toujours pas grand-chose, dit-elle.

— Mais c'est déjà ça. Apparemment, la grand-mère et l'oncle de Hugh ont été tués près de Donner Pass sur l'autoroute 80 il y a une vingtaine d'années. Pourriez-vous contacter la police de la ville la plus proche dotée d'un hôpital ?

— Bien sûr, mais si ça s'est produit sur la 80, c'était probablement du ressort de la police de la route. Que dois-je demander ?

— Tout ce qu'on pourra vous dire sur les circonstances de leur mort. Rapports, certificats de décès, tout. Et renseignez-vous sur la vie de Hugh au cours des six derniers mois. Dossier pénitentiaire, Service des Mines, n'importe quel document.

— Rappelez-moi dans deux jours. Qu'allez-vous faire ?

— J'ai un autre atout à jouer. Je vous recontacte.

Elle raccrocha. Je ramassai les lettres et les dissimulai sous une pile de paperasses, dans le tiroir du bas de mon bureau, que je fermai à clé. Puis je restai assis longtemps, mon verre à la main, en songeant à l'abîme où avait sombré mon cœur.

5

Le lendemain matin, je décidai d'appeler un numéro que je n'avais pas composé depuis quatre ans. La standardiste répondit en annonçant le nom d'un cabinet d'avocats sur le ton discret qui sied aux vieilles fortunes. Je lui donnai celui de la personne que je voulais joindre et attendis le temps nécessaire pour passer divers barrages, puis une voix d'homme, grave et calme, répondit :

— Grant Hancock.

— Grant, c'est Henry Rios.

Il y eut une brève pause avant que l'éducation prenne le dessus.

— Henry, cela fait une éternité.

— Quatre ans, au moins.

— Tu es en ville ?

— Non, j'appelle de mon appartement. Grant, j'ai besoin de tes conseils.

— Ne me dis pas qu'il te faut l'avis d'un avocat financier sur tes dossiers à la Défense Publique.

— Je ne suis plus à la D.P. et ce dont je veux discuter, c'est de mort, pas de finances.

— Celle de quelqu'un en particulier ?

— Oui, Hugh Paris. Je me disais qu'étant tous les deux... eh bien, membres de vieilles familles de San Francisco, peut-être que tu l'avais connu.

— En effet, je le connaissais, répondit lentement Grant. Et toi, tu le connaissais bien ?

— Suffisamment pour penser qu'on l'a assassiné.

Il y eut un grésillement et un silence sur la ligne.

— Grant ? Tu es toujours là ?

— Oui. Je préfère ne pas en parler au téléphone. Peux-tu passer en ville ce soir ?

— Vers 9 heures ?

— Parfait. J'habite toujours au même endroit. Tu connais le chemin. (Je répondis que oui.) Henry ? Est-ce que Hugh t'a parlé de moi ? Est-ce pour cela que tu m'as appelé ? demanda-t-il d'un ton qui, pour lui, était bien affolé.

— Non, il n'a jamais parlé de toi. Je t'ai téléphoné de mon propre chef. Je sais à quel point les vieilles familles sont liées.

— Je l'ai connu il y a longtemps, dit Grant d'une voix lointaine. (Il s'interrompit brusquement.) On en parlera ce soir.

Et il raccrocha.

Grant Hancock, tout comme Aaron Gold, était l'un de mes proches amis à la faculté. Fruit de la fusion de deux éminentes familles de San Francisco, il avait grandi dans une demeure de Pacific Heights. C'était l'un de ces aristocrates de San Francisco qui, tout cultivés et mondains qu'ils soient, ne voyaient pas plus loin que leurs collines. Au sein de ces familles qui ont donné à la ville sa réputation d'insularité, « provincial » était un compliment.

Selon le cours habituel des choses, je n'aurais jamais dû connaître quelqu'un comme Grant, étant donné que son univers était fort éloigné du mien et à peine visible pour un œil non exercé. Les membres de sa tribu se reconnaissaient à certains signaux dépourvus de sens pour les profanes. Cependant, la Linden University était une extension de ce monde et la faculté de droit une sorte d'équivalent des écoles d'arts d'agrément pour jeunes filles, prélude à un poste dans un cabinet si reposant et raffiné qu'il aurait convenu à l'un des héros évanescents d'Henry James.

Grant cultivait une certaine langueur, en partie réelle, provenant du sentiment profond et inébranlable d'appartenance à une caste. L'autre partie était de la comédie, une manière de masquer les véritables passions et une bienséance puissante, mais confuse.

Cette bienséance n'était que le désir de traiter tout le monde courtoisement et équitablement, mais se savoir capable d'agir avec bienséance sans que cela lui coûte rien, grâce à sa position de privilégié, en diminuait toute la valeur. Il se demandait comment il aurait traité les autres s'il n'avait été aussi privilégié et je crois que ses conclusions lui donnaient une piètre opinion de lui-même.

Le fait qu'il soit gay ajoutait à son désarroi, car reconnaître son homosexualité était une occasion de prendre un risque moral et il avait renoncé. Il séparait strictement ses vies professionnelle et privée et dépensait beaucoup d'énergie à patrouiller la frontière entre elles.

Et malgré tout cela, autrefois, je l'avais aimé et il m'avait aimé. À un moment, même, il avait semblé que nous pourrions vivre ensemble ouvertement, mais, n'ayant pu se résoudre à le faire, Grant avait laissé passer ce moment. Nos existences avaient divergé, il était retourné à sa colline et moi à la vie réelle.

Je pensais à tout cela en finissant de m'habiller et en préparant du café. Il y avait quelque chose de Grant chez Hugh Paris, comme si Hugh avait été une version de Grant plus à l'aise avec lui-même et plus détaché du monde insulaire des vieilles fortunes et des attitudes figées. Je n'allai pas plus loin dans la comparaison. J'avais du travail.

Le temps était splendide, presque cruel, me dis-je en traversant le parking vers le palais de justice. Le ciel immense était d'un bleu profond et l'éblouissant soleil matinal qui aurait dû inonder un paysage innocent brillait sur les banlieues étriquées et les vies également étriquées de leurs habitants. Ses rayons frôlaient ma nuque comme des doigts qui auraient voulu que je m'arrête pour ne rien faire d'autre que respirer et remercier le ciel d'être en vie. Ce sera pour une autre fois, me dis-je en poussant la porte vitrée.

Je montai jusqu'au greffe, au deuxième étage. À l'accueil résonnaient les sonneries aigres des téléphones et des éclats de voix crispées. C'est là qu'étaient conservés les dossiers des affaires criminelles.

Le temps que j'aie réussi à attirer l'attention d'un employé maussade, j'avais oublié le temps radieux et la reconnaissance était devenue le cadet de mes soucis. Ayant déjà repéré son numéro sur l'index général, je demandai le dossier de Hugh pour voir ce qu'il était devenu. Un quart d'heure plus tard, les entrailles de la bureaucratie régurgitaient le dossier et l'employé me répétait trois fois qu'il ne devait pas sortir du service.

J'allai le feuilleter en salle de lecture. Le lendemain de son arrestation, Hugh avait été inculpé de détention et consommation de PCP et refus d'obtempérer — tous des délits mineurs. La comparution avait eu lieu la semaine suivant sa sortie de prison. Ce jour-là, il était représenté par son avocat, Stephan

Abrams, et le DA avait renoncé aux poursuites. La cour avait donné son accord et le dossier avait été refermé. Je notai mentalement le nom du DA : Sonny Patterson, un de mes vieux adversaires. Je fis photocopier le bordereau et me rendis au bureau du district attorney.

Sonny Patterson agita le bordereau et le laissa tomber sur son bureau. Il tira une bouffée de sa cigarette, répandant des cendres sur sa chemise vert pâle et sa cravate orange vif. Il faisait péquenaud de la tête aux pieds, mais c'était de la comédie, tout comme ses vêtements soigneusement mal assortis. Il s'attirait les bonnes grâces des jurés en leur faisant croire qu'ils étaient plus malins que lui. Mais Sonny avait l'esprit aux détails et aux rapprochements. L'esprit qu'il fallait. Capable de faux-fuyants quand c'était nécessaire. Comme maintenant.

— Allons Henry, je traite vingt dossiers par jour en chambre d'accusation. Il y en a eu mille depuis celui-ci.

— Ce n'est pas tous les jours que vous renoncez à trois chefs d'inculpation pour des histoires de drogue et de rébellion.

— Délits mineurs, répondit-il dédaigneusement.

— La consommation de stupéfiants est passible de trente jours de détention.

— Et alors ? En tenant compte de la bonne conduite et du temps de travail, on est libéré au bout de vingt.

— Ça ne change rien. Même vingt, je n'aimerais pas les purger.

— Je connais votre position sur la stricte application des peines, maître, répliqua-t-il sèchement.

— Pardonnez-moi, me défendis-je. Je ne suis pas venu pour débattre de cette question. Je voulais juste savoir pourquoi le dossier a été classé.

— Comment s'appelait l'accusé, au fait ? demanda-t-il avec un accent traînant du Sud.

Encore de la comédie. En fait de Sud, Sonny n'était jamais descendu plus bas que Castroville.

— Hugh Paris.

— Ce n'est pas le type qu'on a retiré du torrent l'autre semaine ?

— Lui-même.

— Vous le connaissiez bien ?

— Oui.

— C'était un accident, d'après les journaux.

— D'après les flics aussi.

— Je sais. Torres est venu m'en parler. Il a mentionné — au passage — que c'était vous qui aviez identifié le corps. (Il se pencha en avant.) Connaîtriez-vous sur ce décès des détails qu'ignore la police ?

La police. Voulait-il dire « les flics » ? Dans cinq minutes, il allait les appeler « gardiens de la paix ».

— Je ne sais rien sur cette affaire qu'ignorent les flics, déclarai-je prudemment. J'ai simplement tiré des conclusions différentes des mêmes faits.

— Moi aussi, dit-il en décrochant son téléphone et en pressant un bouton.

Il égrena une suite de chiffres à l'appareil. Deux minutes plus tard, on frappait à sa porte et sa secrétaire entrait avec un épais dossier. Le nom de Hugh était inscrit dessus. Elle le posa sur le bureau et Sonny le feuilleta pour sortir les trois feuilles jaunes où figurait la plainte.

Il tourna la dernière, au dos de laquelle étaient griffonnées quelques lignes. C'était ce qu'on appelait l'alibi, car chaque fois qu'un DA renonçait aux poursuites, il devait en consigner les raisons au dos de la plainte, au cas où quelqu'un — un flic ou un citoyen outré, par exemple — se serait insurgé plus tard contre cette décision.

— Preuves insuffisantes, dit-il en relevant le nez.

— Ça n'a aucun sens. Quel était le problème ?

— Après analyse des labos de la police, le prétendu joint de PCP s'est révélé être de l'origan trempé dans de l'éther pour donner l'odeur. Très créatif. Le dealer de Mr Paris l'a berné. Justice de rue, je dirai.

— Et les autres chefs d'inculpation ?

— Nous ne poursuivons que si le prévenu

a été examiné par un médecin lors de l'arrestation. Les flics ne l'ont pas fait.

— Et le refus d'obtempérer ?

— Ce n'était qu'une vague insulte à agent. Une petite merde de rien du tout. Qui ne valait même pas le papier où on l'a notée.

Il considéra la plainte d'un air presque dégoûté. Sa réaction ne me surprit pas. Les DA savent mieux que personne comment sont les flics : susceptibles, agressifs, sûrs de leur bon droit.

— Aviez-vous déjà entendu parler de cet avocat, Abrams ?

— Non. Il n'est pas d'ici. Il a une adresse dans un secteur huppé de la ville. Vous la voulez ?

Je hochai la tête.

Il la griffonna sur son bloc et le poussa vers moi.

— Merci, conclus-je en me levant. Vous non plus, vous ne pensez pas que la mort de Hugh était accidentelle, n'est-ce pas ?

— Non, sans quoi je ne vous aurais même pas reçu, lâcha-t-il, l'air brusquement sombre.

— Alors pourquoi ?

— Les flics ont bâclé l'enquête. Je le sais, mais je ne peux pas le prouver. J'ai déjà passé un savon à Torres, mais même s'ils rouvrent le dossier, la piste est froide. Vous avez l'air de savoir quelque chose sur la question. Autant que ce soit vous plutôt que personne. Bonne chance et n'oubliez pas, me rappela-t-il alors que j'ouvrais la porte. Vous êtes un officier du tribunal.

— Ce qui veut dire ?

— Que si vous découvrez le coupable, vous me communiquez le nom de ce salaud. Il ne s'en tirera pas comme ça.

C'est pourtant le cas de bien des criminels, faillis-je répondre.

Mais je gardai mes réflexions pour moi.

À la fin de la journée, je partis pour San Francisco par l'autoroute 280, qui serpente entre les collines derrière les très chics banlieues de la péninsule, sous le regard des demeures bien cachées des riches. Les eucalyptus y dressent élégamment leurs troncs tordus et l'air moite était rempli du parfum de leurs feuilles. Des cerfs paissaient sur les collines et de temps en temps, j'apercevais une Jeep qui tressautait sur les chemins de terre sans destination apparente. Une file de chevaux pointa sur l'horizon et s'évanouit derrière un bosquet de chênes.

Je traversais certaines des zones résidentielles les plus fortunées du pays et le seul signe d'argent était son absence. La main des promoteurs avait épargné ces collines et forêts pour perpétuer une vision de la Californie telle qu'elle existait au siècle dernier. Même la ligne de banlieue du Southern Pacific, que j'entendais siffler au loin, était un accessoire subventionné pour rappeler aux gens l'âge d'or immaculé avant qu'Henry Ford offre aux masses des voitures.

Un siècle plus tôt, Grover Linden avait élevé des monuments à la gloire de sa fortune, mais ses héritiers avaient acheté le luxe suprême : le secret sur leur vie privée. Le Juge Paris habitait quelque part dans ces collines, avec toute la sécurité que confère l'argent. Tel Dieu, il bougeait le petit doigt et l'hirondelle tombait. Pour lui, c'était une petite mort. Mais pas pour moi. J'écrasai l'accélérateur comme si la vitesse avait pu faire défiler le temps plus vite. J'allais rapporter cette mort chez lui, quoi qu'il en coûte.

Alors que la route tournait, je levai les yeux et l'horizon assombri surgit sur le ciel rosi par le crépuscule, vaguement découpé comme un motif oriental et décidément sinistre. Je n'étais pas revenu à San Francisco depuis la mort de Hugh. Ces limpides journées d'été me paraissaient désormais encore plus lointaines. Je sortis près du Civic Center et gagnai Market, presque déserte à cette heure, à mesure que le centre-ville se vidait, puis je me dirigeai vers la baie.

Malgré toute sa magnificence, la ville me paraissait délabrée : le vent soulevait rageusement des papiers qu'il faisait voler de l'autre côté de la rue, tandis que les silhouettes informes des clochardes prostrées devant des vitrines éteintes marmonnaient des invectives. Il allait faire froid. Je n'avais pas pensé à prendre un manteau.

Le bureau de Stefan Abrams était au cinquième étage d'un gratte-ciel de Montgomery Street. L'ayant appelé avant de partir, je suivis ses indications et arrivai un peu avant l'heure. Sa secrétaire m'annonça qu'il était au téléphone et me pria d'attendre.

Je balayai les lieux du regard. Mobilier en cuir et chrome, moquette industrielle grise, lithographie de Miro non numérotée : tous les indices d'une réussite discrète. Il me confirma l'image que j'avais de lui quand il entra.

Abrams était massif, mais pas gras. Son visage était taillé à la serpe, avec une calvitie naissante qu'il ne tentait pas de cacher et des yeux brillants profondément enfoncés dans leurs orbites. Il portait un costume anthracite, une chemise blanche et une cravate de soie rouge. Il avait l'air robuste, pas du genre à déclencher une bagarre, mais pas du genre à la fuir non plus. L'avocat de famille parfait, capable de traiter toutes les affaires. Sa poignée de main fut, comme de bien entendu, ferme.

— Mr Rios ? Pardonnez-moi de vous avoir donné rendez-vous si tard, mais j'étais débordé, aujourd'hui.

— Ce n'est pas grave. J'ai un autre rendez-vous après.

— Ah ? Eh bien, dans ce cas, pas de problème, n'est-ce pas ? Vous m'avez parlé au téléphone d'un client que nous avions en commun.

— Oui, Hugh Paris.

— Maggie, déclara-t-il à sa secrétaire, vous pouvez partir. Je fermerai. Venez dans mon bureau, Mr Rios.

Il m'emboîta le pas et ferma la porte sur nous. Au mur figuraient les habituels diplômes encadrés, l'un de Berkeley et l'autre de la Faculté de Droit d'Hastings, surchargés de cachets et de fioritures. Un peu vulgaires, à mon goût. Abrams alla à un petit classeur coulissant, tripota la serrure et l'ouvrit sur un bar.

Il m'invita d'un geste à m'asseoir dans l'un des fauteuils devant un grand bureau quelconque trônant au milieu de la pièce. Sans me consulter, il servit deux verres de Chivas Regal qu'il apporta. Il s'assit dans le second fauteuil et me tendit le mien.

— Alors, dit-il. Hugh Paris. À quelle occasion l'avez-vous représenté ?

— En réalité, cela ne s'est pas fait. Je lui ai proposé, mais il a refusé. C'est vous qui avez repris l'affaire et l'avez fait acquitter.

— Ce n'était pas difficile, étant donné le rapport du labo. Vos flics sont rapides à la détente, ici, mais il faut dire qu'ils sont tous comme cela dans les villes universitaires quand il est question de drogue.

— C'est la voix de l'expérience qui parle ?

— J'ai été Défenseur Public aussi, à Berkeley, dans les années soixante.

Il but une longue gorgée de scotch. Je fis tourner le mien dans mon verre, par politesse. Je déteste le scotch.

— Mais la situation se tasse.

— Vous avez bien réussi.

— Je n'ai pas à me plaindre. Alors, qu'aviez-vous en tête, Mr... Écoutez, quel est votre prénom ? Moi, c'est Steve.

Il sourit d'un air engageant. Je commençai à le trouver antipathique.

— Henry, dis-je. Hugh vous a engagé ?

— Non, quelqu'un d'autre a fait appel à moi.

— Qui cela ? Robert Paris ? Aaron Gold ?

— Je dois garder le secret professionnel, maître. Mais si vous parlez franchement, je pourrai peut-être en faire autant.

— Hugh a été assassiné. On ne peut pas rêver plus direct, n'est-ce pas ?

— C'en est presque brutal, acquiesça-t-il en souriant. Avez-vous la moindre preuve de ce que vous avancez ?

— Aucune dont je puisse vous faire part. (Il haussa brusquement les sourcils.) Mais il me semble que la personne qui tenait assez à lui pour engager un avocat acceptera sans doute de m'aider à trouver son assassin.

— Tout ce que vous me dites, Henry, parviendra à qui de droit, je puis vous l'assurer.

— Je ne traite pas avec les intermédiaires, répondis-je en goûtant le scotch.

— Alors pourquoi êtes-vous venu ici ? Pour m'insulter ?

— Pour transmettre un message à votre client.

— Un message, Henry ? demanda-t-il doucement. Si vous désirez faire parvenir un message, utilisez UPS, leurs tarifs sont plus bas que les miens.

— Dites à votre client que je sais qui a tué Hugh Paris. La police coopère avec moi et nous le pincerons, c'est juste une question de temps. Il n'est pas à l'abri. Vous et votre client non plus. Peut-être ne voulez-vous pas répondre à mes questions, mais vous serez obligé de réagir quand vous recevrez une convocation du tribunal, et si vous êtes complice de dissimulation d'un crime, je vous ferai radier du barreau.

— Sortez d'ici, Henry, avant que je vous jette dehors, dit-il en se levant. Tout de suite.

Je me levai.

— Très bien. Merci de votre temps... Steve. Tenez, voici ma carte, conclus-je en la jetant sur son bureau.

Je partis en claquant la porte et guettai derrière pour voir s'il décrochait son téléphone. Il n'en fit rien. Je sortis dans la rue. J'avais tout gâché. En venant voir Abrams, mon but était de découvrir pour qui il travaillait et quelles étaient ses relations avec Hugh.

Au lieu de cela, j'avais insinué qu'il avait commis une faute professionnelle et je l'avais menacé. C'était une tactique envisageable au tribunal, pas pour mener cette enquête. D'ailleurs, j'avais été souvent jeté dehors au cours de mes investigations. Apparemment, je mettais les gens mal à l'aise. C'était déjà quelque chose. À présent, il aurait fallu que je les fasse parler. Je m'en allai retrouver Grant Hancock.

Grant habitait au vingt-huitième étage d'une résidence d'Embarcadero Plaza. Je fis le trajet à pied dans le crépuscule. Des mouettes piaillaient au-dessus de moi quand j'arrivai devant l'auvent bleu qui protégeait l'entrée. Un portier montait la garde devant les doubles portes vitrées. Il était vêtu d'un blazer bleu et d'un pantalon en flanelle grise. Je remarquai sous sa veste la bosse de son holster.

C'était un drôle de quartier pour une résidence de luxe, mais les appartements jouissaient d'une vue imprenable sur la baie et, la nuit, les rues étaient aussi silencieuses qu'un cimetière. Dans une ville bruyante et encombrée où de nouvelles constructions vous bouchaient constamment la vue, le calme et le panorama sur

Sausalito depuis son salon étaient des raisons suffisantes pour payer une fortune quelques dizaines de mètres carrés.

Je donnai mon nom au portier qui appela l'appartement de Grant. Un instant plus tard, un ascenseur à l'éclairage tamisé m'emmenait au vingt-huitième.

Il ouvrit à mon premier coup de sonnette. Derrière lui, dans la pénombre, des bougies brûlaient. La fenêtre servait de cadre au pont et aux lumières de Marin flamboyant sur la baie. Il portait encore son pantalon de costume anthracite et une chemise gris perle. Achetée, sans aucun doute, dans l'une de ces boutiques qui ne vous acceptent comme client que si votre arrière-grand-père y avait déjà un compte.

Les trois boutons du haut défaits révélaient une portion de chair bronzée et entretenue à grands frais. Ses cheveux blonds étaient coupés court et son beau visage sans expression était plus mystérieux et réservé que jamais. Il sentait le *bay rum*[1] et il me dévisagea d'un long regard détaché de ses grands yeux bleus. Je me vis tel qu'il me voyait : les cheveux en bataille, mince, les yeux cernés, grisonnant, empestant l'alcool. Je remarquai alors la musique qui résonnait doucement dans la pièce, guitare et flûte.

— Entre donc, Henry, dit-il en s'effaçant.

1. Eau de Cologne fabriquée dans les Iles Vierges à base de Pimenta Acris (N.d.T.).

Je balayai le salon du regard et souris. Cette pièce était une caricature. Les bougeoirs en argent trônaient sur une caisse orange. En dehors de quelques coussins empilés le long d'un mur et d'une chaîne stéréo sophistiquée, il n'y avait pas d'autre mobilier.

Je me souvins d'un matelas posé sur un sommier dans la chambre, d'un billot de boucher et de deux chaises dans la cuisine. Le réfrigérateur devait certainement contenir du vin, des jus de fruits, des vitamines, quelques pommes et du fromage. Sur les étagères étaient rangées quelques assiettes de porcelaine familiale dépareillées et de splendides verres à vin. Il en avait un à la main. L'espace d'un instant, les années refluèrent et tous les sentiments que j'éprouvais pour lui revinrent avec une intensité qui me fit battre le cœur. Puis il bougea et cette sensation disparut aussi vite qu'elle était venue.

— Je vois que le décorateur n'est pas encore passé, dis-je d'un ton plus nerveux que je ne l'aurais voulu.

— Quand j'ai la nostalgie des meubles, répondit-il négligemment, je vais chez mon père. Un verre de vin ? Ou tu veux continuer au whiskey ?

— Du vin. Le scotch, c'est chez un avocat que j'en ai bu.

— Une occupation apparemment innocente, ironisa-t-il en me fourrant un verre dans la main. Tu es affreusement maigre, Henry. Tu oublies toujours de manger ?

— Comme d'habitude. Toi, tu as… très bonne mine, Grant.

— Merci.

Il m'avait remercié sans en penser un mot. Les rancunes ont la vie dure.

Je cherchais désespérément une phrase qui aurait lavé la tache de notre dernière dispute, quatre ans plus tôt, mais pour moi, c'était du passé. J'avais perdu la trace des émotions qui mènent à une rupture. J'avais presque oublié que c'était moi qui ne l'avais pas rappelé. Tout ce que j'arrivais à penser, c'était qu'il était beau et que j'avais plaisir à le revoir.

Il s'assit en tailleur par terre. La lumière des bougies flamboya dans ses cheveux. Un peu affecté, trouvai-je, mais efficace. Je me laissai glisser sur le sol en face de lui.

— Je voulais te parler de Hugh, annonçai-je, hésitant.

— Oui, bien sûr.

— Que savais-tu de lui ?

Il haussa les épaules.

— La famille Paris fait partie du monde de la péninsule et s'aventure rarement en ville. Je ne le connaissais pas vraiment, jusqu'à ce que nous nous retrouvions ensemble à Yale. Il avait deux ans de moins que moi, et je l'ai pris sous mon aile. (Il fixa son verre.) J'étais amoureux de lui, ajouta-t-il simplement.

— Que s'est-il passé ?

— Hugh avait dix-huit ans et personne n'était au courant. Pour moi non plus, d'ailleurs. Il a eu assez de tact pour faire semblant de ne pas remarquer que j'étais amoureux. Nous nous comportions l'un avec l'autre comme de parfaits gentlemen, dit-il, soudain amer. Et la nuit, je priais le Ciel de me transformer, de me tuer ou, mieux encore, de faire venir Hugh à côté de moi.

— Jamais tu ne m'as confié cela.

— C'était de l'histoire ancienne quand nous nous sommes connus, et puis cela faisait des années que je n'avais plus de nouvelles de Hugh. Jusqu'à il y a six mois, quand je suis tombé sur lui dans la rue. Il a essayé de m'esquiver, mais je l'ai retenu. Il n'était pas particulièrement aimable, mais il a accepté de prendre un verre avec moi ce soir-là.

— Et vous vous êtes vus ?

— Oui, il a passé la nuit ici. (Un pincement de jalousie me serra un instant la poitrine.) Ce n'était pas du tout comme je me l'imaginais à dix-neuf ans, ajouta-t-il en se resservant du vin. Ce n'était pas mémorable et pourtant, j'ai pensé à lui tous les jours suivants. Il fait partie de ces gens qui existent moins dans le souvenir que dans l'imagination. Comme un symbole.

— De quoi ?

— C'est sans doute différent selon les gens

qui l'ont connu. Pour moi, il était le symbole d'une jeunesse ignorante.

— Je n'aurais jamais cru que ce pouvait être une condition enviable.

— Non ? Alors peut-être que l'existence t'a épargné certaines des choses que je connais.

— Je ne pense pas être passé au travers des horreurs de la vie, mais je ne les prends pas à cœur. Quant à Hugh, je préférais l'être en chair et en os au symbole. Dis-moi, que sais-tu du juge ?

— Ce que tout le monde sait de Robert Paris, non ? Le garçon pauvre qui a réussi en épousant la famille qu'il fallait. Mon père pense que c'est le nouveau riche dans toute sa splendeur, mais personne ne nie que c'est un homme brillant et impitoyable. Bien sûr, c'était avant son attaque. À présent, il paraît qu'il est à moitié mort, mais cela fait des mois qu'on ne l'a pas vu en ville.

— Quelle attaque ?

— Il en a eu une série l'an dernier. Depuis, il ne quitte plus la propriété des Linden, à Portola Valley. Il ne voit personne, et personne ne vient lui rendre visite.

— As-tu entendu parler d'un certain John Smith ?

— Allons-nous étudier toutes les branches de l'arbre généalogique des Linden ? se moqua Grant.

— Hugh l'a vu le jour où il a été tué.

— Eh bien, c'est son grand-oncle. Il n'y a donc rien d'extraordinaire à ce qu'ils se soient vus.

— Je ne sais pas. Qu'en penses-tu ? Quel genre d'homme est-ce, ce John Smith ?

— C'est un vieux multimilliardaire très collet monté. Banquier, mais au sens où il possède des banques. C'est le beau-frère de Robert Paris et il contrôle l'autre moitié de la fortune des Linden. Lui et le juge ne s'entendent pas.

— Vraiment ? Tu en as la certitude ?

— Seigneur, Henry : la moitié de la ville le sait.

— Dans ce cas, c'est quelqu'un à qui Hugh aurait pu demander de l'aide.

— De l'aide pour quoi ?

— Je ne sais pas. Mais j'aimerais bien lui parler.

— C'est plus facile de voir le Pape — et probablement plus amusant.

— Que veux-tu dire ?

— Smith est un reclus. Tu ne pourrais même pas passer la grille.

— Et toi, tu pourrais ?

— Encore faudrait-il que je sache pourquoi je tenterais le coup.

— Je crois que Robert Paris a fait tuer Hugh.

Grant but une gorgée de vin.

— Tu es cinglé, observa-t-il gentiment.

Smith te ferait jeter dehors. (Il secoua la tête.) Désolé, je ne peux rien pour toi.

Il vida son verre et le posa par terre.

— Je suis tout à fait sérieux, Grant.

— C'est ton point fort. Mais quand bien même, on ne va pas voir quelqu'un comme John Smith en accusant de meurtre un membre de sa famille. C'est à cela que sert la police.

— Ça n'intéresse pas les flics.

— Dans ce cas, tu devrais peut-être faire comme eux, déclara-t-il en se levant. Je vais sortir dîner. Tu m'accompagnes ?

— Ce soir, je ne peux pas, mais on se recontacte.

— Comme tu voudras. Je t'appellerai.

— Cela m'a fait plaisir de te revoir, Grant, affirmai-je en me levant.

Un sourire, à la fois cynique et tendre, passa brièvement sur ses lèvres.

— Ce qui me fascine le plus chez toi, c'est ta sincérité.

— Je crains bien que ce soit mon seul talent social.

— Bonne nuit, Henry, dit-il en me raccompagnant à la porte.

Je sortis de l'immeuble et passai devant le portier qui accueillit mon départ d'un imperceptible hochement de tête. Je m'étais garé près des quais de l'Embarcadero et j'étais allé à pied au bureau d'Abrams, puis chez Grant. Quand je retournai à ma voiture en passant sous l'autoroute, les rues autour d'Embarcadero Plaza s'étaient vidées. Seul le grondement de l'autoroute et le bruit de ferraille des bus qui venaient se garer au terminus voisin donnaient une illusion d'activité.

Le bruit de la circulation m'empêcha de distinguer mon nom, la première fois. La deuxième fois, je l'entendis distinctement, m'arrêtai et me retournai. Un homme de ma taille, mais considérablement plus musclé, pressa le pas vers moi. Il portait un jean moulant et un blouson d'aviateur en cuir sur un T-shirt blanc. Quand il passa sous un lampadaire, je vis qu'il tenait quelque chose dans la main droite. Un revolver. Pointé sur mon ventre.

— Henry, dit-il aimablement, je t'appelle depuis tout à l'heure.

Ses cheveux noirs étaient coupés court et sa moustache était soigneusement taillée. Il était beau gosse, dans le genre anonyme. Un clone de Castro.

— Je ne crois pas qu'on se connaisse, indiquai-je.

— Eh bien nous allons être très amis avant la fin de la nuit.

Il me garda en joue tout en agitant l'autre main en l'air. Un instant plus tard, une voiture — noire, marque japonaise, quatre portes, phares éteints et sans plaque — arriva silencieusement à notre hauteur. Deux hommes étaient assis à l'avant et un autre à l'arrière. Ceux de l'avant et mon nouvel ami au revolver portaient non seulement le même uniforme, mais à ce que je voyais, ils auraient aussi bien pu être des triplés. Celui de l'arrière était blond et c'était la seule différence. Il descendit et nous rejoignit.

— Bonsoir, Henry. Détends-toi, fais ce qu'on te dit et tout ira bien.

— Pas de problème, répondis-je alors que la voiture avançait derrière moi.

Le blond prit dans sa poche arrière un bandana noir, le genre que certains gays utilisent pour annoncer leurs spécialités sexuelles. Ce n'était sûrement pas pour me draguer. En souriant, il me passa le foulard sur les yeux et le noua derrière ma tête.

— Tends les mains, s'il te plaît, demanda-t-il.

J'obéis lentement. On me les attacha avec une cordelette rugueuse, puis on me fit monter sur la banquette arrière, où je me retrouvai coincé entre deux hommes. Au cas où j'aurais oublié qui commandait, l'homme aux cheveux noirs me fourra son revolver entre les côtes.

Le moteur démarra et la voiture s'élança. Comme je n'entendais guère de bruit dehors, j'en déduisis que nous étions sortis de la ville. Je n'avais aucune notion du temps.

Au bout d'un moment, la voiture s'arrêta et je n'entendis rien d'autre que la rumeur de la mer quand on baissa la vitre et que le vent s'engouffra à l'intérieur.

Je me rendis compte qu'on allait me tuer. Je me demandai si j'allais souffrir. S'il y avait une vie après la mort. Sans doute allais-je le découvrir. Dommage que je ne sois pas allé dîner avec Grant.

— Qui vous envoie ? questionnai-je.

Une voix que je reconnus comme celle du blond répondit avec une certaine logique :

— Ne pose pas de questions auxquelles tu sais qu'on ne répondra pas.

On me tira par les bras. Je sentis un tampon imbibé d'un liquide froid à l'intérieur de mon coude. L'odeur d'alcool emplit la voiture.

— Beau biceps, remarqua le blond. Tu fais de la musculation, Henry ?

— Non, répondis-je. C'est de famille.

— Quelle chance. Moi, je suis obligé de m'entraîner comme un malade pour rester en forme.

L'aiguille s'enfonça brusquement et je retirai instinctivement le bras.

— Du calme, dit le brun en m'enfonçant le canon du revolver dans la nuque. On ne bouge pas.

— Qu'est-ce que c'est ? demandai-je.

— Nous avons quelques questions à te poser, expliqua le blond. Cela va te faciliter la tâche.

Des minutes passèrent, ou des heures. Ma

langue pesait une tonne. Mes pensées devenaient décousues. Je m'efforçai de rester éveillé, mais c'était comme tenter de flotter, épuisé, dans une mer chaude. C'était beaucoup plus facile de renoncer et de se laisser couler.

— Du penthotal, murmurai-je d'une voix que je reconnus à peine. Le sérum de vérité.

— Très impressionnant, fit le blond. Détends-toi, à présent.

— Ça ne marche pas, marmonnai-je, presque pour moi-même. Les résultats ne sont pas reconnus par les tribunaux. Je ne vous... dirai rien... que je ne veuille...

— On se tait, maintenant, ordonna l'un d'eux. (J'étais désormais incapable de distinguer lequel.) Repose-toi. On parlera plus tard.

J'entendis dans mes oreilles un grondement — peut-être celui de la mer ou du sang dans mes veines.

6

Quelque chose courut sur mes jambes. J'ouvris les yeux au moment où la queue d'un rat disparaissait derrière l'une des poubelles entre lesquelles j'étais coincé. Il faisait encore nuit. Derrière moi se dressait un mur, un peu plus loin un lampadaire et, plus loin encore, grondait la rumeur de la circulation. J'avais l'impression d'avoir la tête en verre, comme si le moindre mouvement brusque risquait de la fracasser.

Je tournai lentement le poignet et approchai ma montre de mon visage. Il était 1 heure et demie. J'avais quitté l'appartement de Grant peu avant 22 heures : trois heures et demie s'étaient envolées. Je fis un effort de mémoire. Nous avions pas mal tourné en rond et on m'avait posé beaucoup de questions, mais j'étais incapable de me rappeler lesquelles et si j'y avais répondu. Puis j'avais perdu connaissance. Et je ne me réveillais que maintenant.

Si on veut.

Je me trouvais dans une impasse qui se terminait par un mur de briques. Je me dirigeai vers une lumière que j'apercevais de l'autre côté. À mesure que j'avançais en me cognant dans des poubelles, des tas de cartons, les murs, elle semblait se déplacer.

Tu n'es pas en train de rêver, me répétai-je, bien que l'atmosphère fût aussi fétide que celle d'un cauchemar. Finalement, j'atteignis le lampadaire, me cramponnai à lui et fermai les yeux en attendant que tout cesse de tourbillonner. Quand je les rouvris, tout était plus ou moins stable et je tentai de me repérer.

Non loin se trouvait une large rue faiblement éclairée et bordée de hangars. La pointe de la pyramide du Transamerica, entourée des autres gratte-ciel du centre-ville, se dressait devant moi. D'après la distance, je déduisis que je me trouvais quelque part au sud de Market. Je gagnai le carrefour le plus proche et lus les plaques. Harrison Street et Troisième Rue : j'étais à une rue au sud de Folsom et à huit pâtés de maison à l'est des bars gays où je trouverais peut-être de l'aide.

Je me dirigeai vers Folsom et pris à gauche, me sentant de plus en plus mal à chaque pas, à mesure que je prenais conscience de ma nausée et de mon corps endolori. La rue était remplie d'ombres et de silences et l'obscurité semblait sans fin. Si je n'avais pas autant souffert, j'aurais été terrifié.

Tout en marchant, je tentai de deviner l'identité de mes ravisseurs. Tous les chemins menaient à Robert Paris. Ils avaient guetté ma sortie de l'immeuble de Grant. Qu'Abrams les ait contactés ou qu'ils m'aient suivi en ville, il était clair que mes investigations n'étaient pas passées inaperçues. Aaron m'avait prévenu qu'on me surveillait. Jusqu'à maintenant, je ne l'avais pas cru. Le juge voulait connaître ce que je savais au juste du meurtre de Hugh. Apparemment, ce n'était pas suffisant pour qu'on se débarrasse de moi. Pas encore.

Devant moi, des types marchaient. Arrivé au coin, je levai les yeux. Un néon rouge brillait au-dessus d'une porte. L'enseigne annonçait FEBE'S. Je traversai la rue et restai devant la porte ouverte. Juste dans l'entrée pendait jusqu'au sol un rideau en plastique marron derrière lequel j'entendis des bruits étouffés. Je l'écartai : je venais d'arriver juste à temps pour un dernier verre dans l'un des bars cuir les plus mal famés de la ville.

Sur ma gauche, deux hommes jouaient au flipper. L'un portait un pantalon qui luisait dans la pénombre et un gilet assorti. L'autre un jean, un T-shirt et un collier hérissé de pointes. Il buvait un Perrier au goulot. À droite se trouvait un bar arrondi baigné de lumières rouges. Toutes les têtes se tournèrent vers moi. Avec mon pantalon en toile et mon polo gris, je n'avais pas la tenue requise. L'atmosphère passa de la curiosité à l'agressivité.

Cela faisait plus d'une minute que j'étais planté sur le seuil. Le barman, pensant manifestement que j'étais un touriste, fit une tête de six pieds de long et s'apprêta à contourner son bar pour venir à moi. Je fis deux pas dans sa direction et perdis connaissance.

Je revins à moi en reniflant des poppers.

— Bon sang, murmurai-je en repoussant la main qui tenait le flacon, ça suffit.

La main se retira et une voix demanda :

— Ça va ?

— Mieux, répondis-je en me redressant.

Le barman s'agenouilla auprès de moi. Il portait un jean moulant et une chemise de bowling rose avec *Norma Jean* brodé au-dessus de la poche. Son visage était mangé par une épaisse barbe, mais l'inquiétude que je lus dans ses grands yeux bleus n'avait rien à envier à celle qu'aurait montrée ma mère en pareille circonstance.

— Bon, dit-il. Je vais appeler un taxi et tu pourras retourner cuver tout ça à St. Francis ou Dieu sait où tu es descendu.

— Je ne suis pas saoul, affirmai-je d'une voix pâteuse. On m'a drogué.

— Contre ton gré ?

J'acquiesçai. Il sourit.

— Chéri, ça a dû être quelque chose. Il t'a fait mal ?

Je secouai la tête.

— Pris ton fric ?

— Non, ils m'ont simplement emmené en voiture et posé des questions.

— Alors ça, c'est bizarre. Tu veux que j'appelle les flics ?

— Non, mais j'aimerais téléphoner à un ami.

— Oh, tu es d'ici ?

— Oui.

— Merde, quand je t'ai vu entrer en ouvrant des yeux ronds, j'ai cru que tu étais un touriste qui s'était trompé de chemin à Fisherman's Wharf.

— La prochaine fois, murmurai-je, je me rappellerai qu'il y a une tenue réglementaire. Vous m'aidez à aller jusqu'au téléphone ?

— Bien sûr, acquiesça-t-il en se levant.

Je pris ses mains tendues et il me hissa sans le moindre effort. Le bar était vide et toutes les lumières allumées, révélant une taverne cosy et plutôt délabrée. Apparemment, mon arrivée avait fait le vide. Il m'entraîna derrière le bar.

— Passe ton coup de fil. Il faut que je nettoie.

— Merci. Je sais que vous ne vous appelez pas Norma Jean.

— C'est Dean, dit-il en s'emparant d'un balai.

— Merci Dean. Moi, c'est Henry.

Il hocha la tête tandis que je composais le numéro de Grant.

Il décrocha à la deuxième sonnerie et je me rappelai qu'il avait le sommeil léger. Je lui racontai ce qui s'était passé et lui demandai de venir me chercher. Totalement réveillé, il me répondit d'attendre. Il partait aussitôt. Je raccrochai.

Dean m'apporta un verre de cognac et me fit asseoir sur un tabouret derrière le bar pendant qu'il continuait sa tâche. Je le regardai soulever les casiers de bières vides et les entasser le long du mur.

Quelqu'un frappa à la porte. Dean me jeta un coup d'œil et disparut derrière le rideau pour aller répondre. Il en ressurgit un instant plus tard, suivi de Grant. Avec son imperméable Burberry et ses cheveux impeccablement peignés, Grant avait l'air de surgir des pages d'un magazine de mode. Dean me fit un clin d'œil approbateur.

Grant vint m'examiner.

— Tu es dans un sale état, Henry. Veux-tu que nous allions à l'hôpital ?

— Je crois que tout fonctionne. Il faut juste me raccompagner à ma voiture.

— Ta voiture ? C'est dormir dont tu as besoin. Viens.

Je me levai et le suivis. Dean nous accompagna jusqu'à l'endroit où Grant s'était garé.

— Merci, Dean.

Je tendis la main et lui tapotai gauchement le bras, avec l'envie d'en dire davantage, mais sans trop savoir quoi. Il sourit.

— Revenez quand vous voulez.

Je montai dans la voiture de Grant et nous traversâmes les rues silencieuses jusque chez lui.

— Il faut vraiment que je rentre chez moi ce soir, dis-je.

— Henry, il est 3 heures et demie, objecta Grant en tournant dans le parking souterrain pour gagner sa place numérotée. Personne n'a rien à faire à une heure pareille, surtout toi. Tu tiens à peine debout. Je doute que tu puisses faire toute cette route.

— Tu as sûrement raison. Je vais rester dormir chez toi.

— Évidemment, répondit-il en descendant de voiture.

Arrivé à son appartement, je pris une douche, enfilai les vêtements qu'il me prêta et lui demandai quelque chose à boire. Nous nous assîmes par terre dans le salon silencieux pour boire du cognac à la lumière des bougies. Grant me demanda de lui expliquer ce qui s'était passé quand j'étais sorti de chez lui.

— Je crois que tu as de la chance d'être encore en vie, conclut-il.

— Je suis bien d'accord, et maintenant, j'ai la certitude que le juge est responsable de la mort de Hugh.

— Tu peux donc lâcher et reprendre le cours normal de ta vie.

— Quoi ?

Il fit tourner son cognac dans son verre et le regarda pleurer sur les parois.

— Le mystère est résolu.

— Mais il faut encore que je prouve ma conclusion.

— Vis-à-vis de qui ?

— De la police, pour commencer, et peut-être devant un jury, si cela se présente.

— Es-tu vraiment sérieux ? s'enquit-il en posant son verre. Tu crois que tu peux prouver la culpabilité de Robert Paris ? Sais-tu quoi que ce soit de lui ?

— D'une manière générale ? Non.

— Tu es en train de parler de l'un des hommes les plus puissants de cet État. Celui qui a refusé une nomination à la Cour Suprême des États-Unis.

— Je l'ignorais.

— C'est bien ce que je veux te faire comprendre. Je vais t'expliquer autrement, Henry. Toi et le juge, vous avez un tas de pierres à vous jeter l'un à l'autre. Tu as utilisé presque toutes les tiennes, alors qu'il n'a même pas commencé. Il n'a fait que jouer avec toi, pour l'instant.

— *Les enfants jettent des pierres aux grenouilles pour s'amuser*, citai-je. *Mais les grenouilles, elles, meurent vraiment.*

— Non, il ne s'agit pas d'un jeu d'enfants.

Mais de pouvoir. Je connais Robert Paris, continua-t-il en fixant son cognac. Tu n'as aucune chance.

— Tu parles d'expérience ?

— Mon père, commença-t-il en relevant la tête, s'était mis en tête de devenir maire de la ville. Tu connais mon père ?

Je hochai la tête. J'avais le souvenir d'un patricien élégant, mais plutôt pas très malin, à qui Grant vouait une inexplicable admiration.

— Robert Paris soutenait un autre candidat qui aurait pu aisément coiffer mon père au poteau. Mais pour ne prendre aucun risque, continua-t-il en posant son verre et en se détournant, ils ont dit à mon père que j'étais gay et que s'il persistait, toute la ville serait au courant. C'est comme cela que mon père a appris que son fils unique était homosexuel. Mon père est quelqu'un qui pense que « gay » est un adjectif tout à fait acceptable quand on parle du *gay Paris*. Enfin, jusqu'à ce moment-là, en tout cas. Il en a eu le cœur brisé. Vraiment.

— Je suis désolé, Grant.

— De l'eau a passé sous les ponts, dit-il en haussant les épaules. Mais la morale est : ne joue pas au con avec Robert Paris. Hugh est mort. Toi non. Et moi non plus, ajouta-t-il doucement.

— Mais si cela avait été toi à la place de Hugh, j'aurais agi de la même manière.

Il sourit faiblement.

— Tu n'as pas compris ce que je voulais dire.

— Si, assurai-je en lui prenant la main, j'avais compris.

— Quelle heure est-il ? marmonna Grant en se retournant dans le lit.

— Un peu plus de 6 heures, répondis-je en boutonnant ma chemise.

— Tu t'en vas ?

— Oui, j'ai quelqu'un à aller voir.

— Les gens que tu fréquentes ont de drôles d'horaires, fit-il remarquer en se redressant et en me regardant lacer mes chaussures.

— Tu veux bien appeler Smith pour moi ?

Il réfléchit un instant.

— Je ne vois toujours pas à quoi ça sert.

— La police n'acceptera de rouvrir l'enquête que sur la demande de quelqu'un. Qui est mieux placé que Smith ?

— Si tu pouvais au moins me donner un argument concret.

— Si je ne te connaissais pas mieux, Grant, je dirais que John Smith t'intimide.

— C'est le cas. Ce n'est pas tous les jours qu'on demande audience à une divinité locale.

— OK, alors ne le fais pas.

— Excuse-moi, Henry. C'est simplement que je ne me vois pas mêlé à cette histoire pour le moment.

— Tu m'as déjà bien rendu service.

— Merci.

Nous restâmes à nous regarder sans rien dire.

— Alors c'est tout ? demanda-t-il.

— Non, répondis-je. Non.

Je me penchai pour l'embrasser.

— Très bien, dit-il.

Une heure plus tard, je terminais mon petit déjeuner dans la cuisine de Terry Ormes. Elle cuisinait bien, pour une flic, songeai-je en avalant une bouchée d'œufs brouillés. Je me rendis compte que je ne me rappelais plus à quand remontait mon dernier repas. Les œufs étaient bons — elle les avait parfumés à l'estragon. Elle était au téléphone en train d'expliquer qu'elle serait en retard au bureau.

Je me levai et débarrassai la table, puis je rinçai les assiettes avant de les ranger dans le lave-vaisselle. La cuisine était une longue pièce étroite et ensoleillée. Tout était à sa place, mais d'une façon qui indiquait une présence ordonnée plutôt qu'une maniaque. Elle raccrocha et revint avec un dossier. Elle s'assit à la table et je vins la rejoindre.

— Encore du café ? demanda-t-elle en se servant.

— Certainement, acquiesçai-je en remarquant qu'elle avait des taches de son sur le dos des mains.

— Depuis combien de temps êtes-vous flic ? m'enquis-je, reprenant notre conversation interrompue.

— Sept ans, mais j'ai l'impression que ça en fait vingt.

— C'est dur ?

— C'est ce que j'ai toujours voulu. Mon père était flic. Il était monté jusqu'au grade de capitaine quand il a pris sa retraite.

— Il voulait que vous soyez dans la police ?

— Il ne me l'a jamais demandé, mais cela lui a fait plaisir.

— Et votre mère ?

— Elle aurait été heureuse que je fasse un métier plus féminin. Maîtresse d'école, par exemple, comme mon frère. Et vous ? Votre père était avocat ?

— Non, il était contremaître dans l'équipe de nuit d'une conserverie de Marysville. Je suis le seul avocat dans la famille.

— Le bruit qui court au commissariat, c'est que vous êtes un bon.

— C'est vrai.

— Mais pas un bon flic, d'après ce qui vous est arrivé hier soir. La première leçon que nous apprenons, c'est de ne pas prendre de risques inutiles.

— Et comment savez-vous que c'est le cas ? J'ai suivi mon intuition en allant voir

Abrams. Je ne pensais pas que cela donnerait grand-chose. Je me suis trompé.

— C'est le moins qu'on puisse dire. Vous feriez mieux de m'exposer vos plans, je vous dirai si je juge que le risque est inutile.

— Vous êtes ma coéquipière, ou ma mère ? demandai-je en riant.

— Tout dépend de ce dont vous avez le plus besoin. Mettons-nous au travail.

Elle ouvrit la chemise et me tendit quelques documents.

— Qu'est-ce que c'est ?

— Hugh Paris. Tout ce que j'ai pu trouver sur lui.

— Pas grand-chose, on dirait.

— En effet. Comme il n'avait pas de permis de conduire californien, j'ai cherché son nom au Service des Mines et ça n'a rien donné. Le seul casier judiciaire que j'aie trouvé, c'est cette arrestation en juillet. Pas de carte de crédit ni de compte bancaire. Il louait sa maison à un machin appelé Pegasus Corporation, vous savez, le genre de société qui possède des sociétés.

J'avais feuilleté les papiers tout en l'écoutant.

— Ce sont ses factures de téléphone ?

— Des six derniers mois. La ligne était à son nom. Liste rouge.

Un bon nombre d'appels avaient été passés à Portola Valley — chez le juge — et même quelques-uns chez moi. Cela me fit un drôle d'effet de voir mon numéro et je me demandai si quelqu'un d'autre avait obtenu ces factures. Puis je remarquai plusieurs coups de fil à Napa. Je posai la question à Terry.

— C'est une clinique psychiatrique privée du nom de Silverwood. Cela vous dit quelque chose ?

— Son père y est interné, répondis-je en notant le numéro. Je pensais qu'il y en aurait plus, observai-je en arrivant à la dernière page.

— Moi aussi. J'ai l'impression qu'il gardait profil bas.

J'acquiesçai. Elle sortit quelques documents de la chemise et les fit glisser vers moi.

— J'ai eu plus de chance avec la grand-mère et l'oncle.

Je lui avais demandé de se renseigner sur l'accident de voiture où Christina, la grand-mère de Hugh, et son oncle, Jeremy, avaient trouvé la mort vingt ans plus tôt. Hugh m'avait affirmé que son grand-père en était responsable.

Terry avait obtenu des duplicata du rapport d'accident rédigé par la Police de la Route quelques heures après la collision. Elle avait également déniché les conclusions du coroner à l'issue de l'instruction menée à San Francisco trois jours plus tard.

Selon la Police de la Route, la voiture, conduite par Jeremy Paris, se dirigeait à l'est vers le Nevada sur l'autoroute 80. La nuit tombait, c'était quelques jours avant Thanksgiving, la chaussée était verglacée, la circulation n'était pas très dense et il y avait eu une tempête de neige en début de semaine.

La voiture était dans la file de gauche, la plus proche de la glissière métallique d'un mètre vingt de hauteur qui sépare les deux voies. Selon toute probabilité, Jeremy roulait très vite.

C'est à une trentaine de kilomètres après Truckee qu'était survenue la catastrophe. La voiture avait défoncé la glissière, dérapé en travers des quatre files de la voie opposée, évitant de justesse une voiture, avant de quitter la route et de tomber dans un ravin. La chute avait été arrêtée par des arbres, mais le véhicule avait aussitôt pris feu. Christina Paris était morte quand la police était arrivée sur les lieux, alertée par le conducteur du véhicule qu'avait failli emboutir Jeremy. Ce dernier était mort dans l'ambulance.

Le chauffeur de l'autre voiture, Warren Hansen, unique témoin, avait fourni tous les détails de l'accident à la police. Hansen rentrait chez lui à Sacramento après une semaine de ski. Selon le rapport, en jargon policier, il était EEI — en état d'ivresse.

D'après Hansen, la voiture des Paris roulait beaucoup trop vite et semblait poursuivie par une autre sur la file d'à côté. Il précisait que cette voiture était noire et roulait tous feux éteints, et qu'elle avait percuté l'arrière de la voiture des Paris juste avant l'accident.

Tout cela avait été dûment noté par le flic

qui avait pris la déposition. Le sergent qui avait signé le rapport n'en avait tenu aucun compte, arguant du fait qu'Hansen était ivre et encore en état de choc d'avoir évité l'accident de justesse. Il avait donc conclu que Jeremy Paris avait simplement perdu le contrôle de sa voiture en roulant trop vite sur une route verglacée à la tombée de la nuit, heure la plus dangereuse. C'était plausible. J'entendais presque le sergent pousser un soupir de soulagement en signant le document : affaire réglée.

Je passai au rapport du coroner. En l'absence d'un jury, il avait accepté les conclusions de la police concernant les circonstances de l'accident, fondées sur la brève déposition d'un unique témoin, le sergent. Il y ajoutait quelques informations suite aux autopsies : en gros, il ne restait de Christina et Jeremy Paris que des chairs calcinées. Enfin, il déterminait l'heure de leurs décès. Selon lui, étant donné les circonstances de l'accident et l'état des corps, leurs morts étaient simultanées. En voyant ces mots, un déclic se fit en moi.

Je passai à la page suivante. Le certificat de décès de Warren Hansen, mort le 27 avril d'une balle tirée de sa main. Six mois après l'accident. Je levai les yeux vers Terry.

— Jusque-là, dis-je en levant le certificat de décès, j'aurais presque pu croire que ce n'était qu'un accident.

— Moi aussi, renchérit-elle. Mais dès que je

suis tombée là-dessus, tout un tas de questions restées sans réponses se sont de nouveau posées.

Elle m'expliqua que c'était illogique d'avoir mené une enquête sans convoquer l'unique témoin oculaire de l'accident ni les ambulanciers qui avaient ramené les corps et auraient pu attester des heures des décès.

— Mais c'est là, poursuivit-elle, que j'ai brusquement compris que c'était précisément le but de toute cette enquête. Fixer les heures de décès. On ne recourt pas au coroner pour un simple accident de la route. Généralement, on ne l'appelle que lorsque l'heure du décès est remise en question.

— Mais rien n'est remis en question, là. Et il n'y a en tout cas aucune raison de mener une instruction judiciaire à des centaines de kilomètres du lieu de l'accident et trois jours après. La seule différence entre le rapport de police et les conclusions du coroner, ce sont les heures des décès. Quelqu'un n'était pas satisfait que Jeremy soit encore en vie quand on l'a extrait de la voiture.

— Naturellement. J'ai pensé que c'était le juge qui avait réclamé un rapport du coroner, mais je me trompais. C'était John Smith, le frère de Christina.

Je réfléchis un moment.

— Eh bien, peut-être qu'il soupçonnait quelque chose et qu'il voulait l'opinion d'un expert indépendant.

Terry eut un rire moqueur.

— Pourquoi ? demandai-je.

— Il n'a pas eu ce qu'il voulait. Le coroner était Tom Fierro. Vous le connaissez ? (Je fis non de la tête.) La police a découvert chez lui des valises remplies de billets. Mon père en parlait tout le temps, il disait que Tom était le coroner préféré de tout le monde. Qu'il suffisait de le payer assez pour qu'il tienne parole.

— Vous pensez qu'on l'a acheté ?

Elle poussa un soupir éloquent.

— Évidemment, mais à qui voulez-vous que je pose la question ? (Elle rassembla les papiers et les rangea méthodiquement.) Que comptez-vous faire ?

— Tout cela signifie quelque chose, songeai-je à voix haute. Et si je pouvais prendre le temps d'y réfléchir, je trouverais quoi. Ces coups de fil à Napa, continuai-je en reprenant les factures de téléphone. Peut-être que Hugh a confié à son père quelque chose qui nous serait utile. C'est là que je vais aller. Continuez de vous renseigner sur John Smith. C'est peut-être lui la clé.

— Je ne suis pas très sûre. Je crois qu'il y a beaucoup trop de portes pour une seule clé. On reste en contact.

Le panneau était tellement discret que je le manquai la première fois et me retrouvai dans un cul-de-sac. Je fis demi-tour et repartis lentement en sens inverse jusqu'à l'étroite ouverture entre des buissons couverts de poussière, qui donnait en fait sur une route. Une route secondaire prenant sur une autre route secondaire, aux abords des banlieues tentaculaires de Napa.

C'était une lumineuse journée comme il y en a en automne. Le ciel était d'un bleu radieux, l'air chaud et moite. Il paraissait plus liquide que respirable. Sur ma droite apparut une clôture blanche enfermant des vergers et des pâturages. Au-delà s'étendaient une vaste pelouse soignée, des charmilles, des courts de tennis et une roseraie qui donnaient à l'endroit des allures de country-club.

Sauf que tout était désert.

À gauche, j'aperçus une demeure datant d'avant la Guerre de Sécession, qui tremblotait dans la chaleur comme un mirage. À distance respectueuse, des bungalows plus modestes l'entouraient, chacun blotti à l'ombre d'un grand chêne.

Deux personnes descendaient lentement le chemin entre la grande maison et l'une des petites. Je pris une allée circulaire et me garai sur le parking à côté de la maison, descendis, gravis les marches, traversai une véranda et appuyai sur la sonnette. Au-dessus était vissée une petite plaque de laiton gravée indiquant SILVERWOOD.

Un jeune costaud en blouse blanche apparut.

— Que puis-je pour vous ?

— Je viens voir Mr Nicholas Paris, annonçai-je en sortant une carte de visite de ma poche de chemise.

— Vous êtes attendu ? demanda-t-il après l'avoir examinée.

— J'étais l'avocat de son fils, répondis-je. Il saura qui je suis.

L'employé me dévisagea et ouvrit la porte. Je me retrouvai dans une immense entrée, avec près de l'escalier une petite table qui lui servait de bureau. Il la regagna, décrocha le téléphone et composa un numéro à trois chiffres.

— J'ai ici un avocat qui vient voir un des patients. (Un silence.) OK, un des clients. En tout cas, il est là. Asseyez-vous, dit-il en raccrochant et en me désignant un sofa trônant sous le portrait d'un gentilhomme du XVIIe.

Je m'assis. L'employé retourna à sa lecture, un livre intitulé *L'Autre David*. Rien ne bougeait, mais l'air était chargé d'électricité.

— Où sont les patients ? demandai-je.

— Tout le monde fait la sieste après le déjeuner, expliqua-t-il en levant les yeux. Comme à la maternelle.

— Vous êtes infirmier ?

— Vous trouvez que j'en ai l'air ? (Ses muscles gonflaient l'étoffe blanche.) J'empêche les gens d'entrer, continua-t-il en désignant la porte, et les nôtres de sortir.

— Intéressant, comme boulot, observai-je.

Il retourna à sa lecture en grommelant.

Un peu plus tard, un petit homme chauve sortit d'une pièce donnant sur le hall, portant une blouse blanche de médecin par-dessus une chemise bleu pâle et une cravate tricotée rouge. Très bon-chic-bon-genre sur le retour : j'étais prêt à parier qu'il portait des chaussettes Burlington. L'employé lui tendit ma carte.

— Mr Rios, lut-il. Je suis le Dr Phillips, directeur de l'établissement. Allons dans le salon des visiteurs, voulez-vous ?

Je le suivis. C'était un long et étroit rectangle, aux lambris sombres, meublé de fauteuils droits de style victorien et de canapés disposés autour de tables basses. Une douzaine de roses rouges à longues tiges étaient disposées sans soin dans un vase, sur le manteau de la cheminée. Le tic-tac d'une vieille pendule de campagne résonnait dans un coin. Il n'y avait personne d'autre que nous.

Phillips s'assit posément dans un fauteuil à oreillettes et je pris place en face de lui. Sur la petite table entre nous étaient posés une carafe remplie d'un liquide brun sirupeux et de petits verres à vin. Il nous servit. Je portai le mien à mes lèvres et le flairai discrètement. Du sherry. J'en pris une gorgée en croisant les chevilles comme un gentleman.

— Or donc, Mr Rios, que pouvons-nous

faire pour vous ? s'enquit-il, usant du *nous* pompeux des médecins.

— Je suis l'exécuteur testamentaire de Hugh Paris, le fils de l'un de vos patients...

— Clients, corrigea-t-il.

— Clients, répétai-je. Quoi qu'il en soit, Hugh Paris est décédé... disons brusquement, et j'ai avec son testament quelques problèmes que je pourrais dissiper en m'adressant à son père, Nicholas.

— C'est tout à fait impossible. Vous devez savoir que Nicholas Paris a été déclaré incapable.

— Docteur, il s'agit d'une conclusion légale, pas d'un diagnostic médical. Il paraît qu'il a des moments de lucidité.

— Rares et très espacés, dit négligemment Phillips. Peut-être que je pourrais vous aider si vous m'exposiez de quoi il s'agit.

— Très bien. J'ai rédigé le testament de Hugh Paris, que certaines dispositions, constituant une violation de l'amendement Shelley, rendent nul et non avenu. J'espérais que Mr Paris, héritier intestat de son fils, accepterait certaines modifications qui rétabliraient les volontés de son fils, du moins à l'égard des legs qui ne mettent pas directement en jeu ses intérêts.

Phillips avait eu l'œil vitreux à peine avais-je prononcé le mot « testament ».

— Je vois, pataugea-t-il.

— Vous comprenez donc mon problème,

repris-je de plus belle. Je suis responsable des erreurs commises dans la rédaction de l'acte. Je pourrais être accusé de faute professionnelle...

— De faute professionnelle ! se réveilla Phillips, ravi de se retrouver en terrain connu. Je compatis, bien entendu, mais Mr Paris n'est guère en état de discuter de questions juridiques aussi complexes.

— Je n'ai besoin que de dix minutes.

— Je vous assure que vous ne comprenez pas, ajouta-t-il en allumant une cigarette. Mr Paris n'a plus toute sa lucidité.

Je sentis que notre entretien touchait à sa fin.

— Mais on le soigne ? insistai-je, changeant de tactique.

Phillips haussa un sourcil.

— Nous ne pouvons pas faire grand-chose dans son cas. Nous tentons tout notre possible pour son confort et éviter qu'il constitue un danger pour lui-même ou autrui.

— Il est violent ?

— Pas tellement.

— On lui donne des calmants ?

— C'est autorisé par la loi.

— Vous savez, docteur, observai-je, on peut être hors de portée des soins, mais pas d'une assignation.

Phillips se redressa.

— De quoi voulez-vous parler ?

— D'une audition au tribunal des successions et tutelles, avec tout ce que cela comporte. Vous pourriez fort bien être appelé à témoigner sur l'état mental actuel de Paris et le type de soins qu'il reçoit ici. Il serait peut-être même nécessaire de demander communication de son dossier médical. Je crois savoir qu'il est là depuis presque vingt ans. Cela fait long, docteur, suffisamment pour transformer un génie en légume, avec le traitement... approprié.

Phillips tentait de ne pas perdre contenance.

— Je pourrais vous faire jeter dehors, articula-t-il en baissant la voix.

— Je reviendrais avec le marshall et un boisseau d'assignations.

— Que voulez-vous exactement ? demanda-t-il en baissant encore plus la voix.

— Simplement m'assurer qu'il est trop fou pour me poursuivre en justice.

Phillips laissa échapper un soupir incrédule.

— C'est tout ? (Il se leva.) Dix minutes, Mr Rios, pas une de plus ?

— Sachez que je ne repasserai jamais votre seuil.

— Attendez ici, dit-il d'un ton brusque en quittant la pièce.

Je vidai mon sherry dans un pot de fleurs.

Quand Nicholas Paris entra, l'atmosphère se glaça. Il portait un vieux blazer gris, une chemise blanche et un pantalon de toile beige. Sans ceinture. Il aurait très bien pu être un propriétaire terrien qui rentre de promenade, avec ses cheveux d'un blond presque blanc, son teint coloré et ses traits impassibles : il rappelait énormément Hugh.

Mais il suffisait de regarder ses yeux bleus. Ils fixaient, comme sortis de l'ombre, un paysage qui n'existait pas sous le doux soleil de Californie. Je sentis fondre mon sourire. Phillips l'assit dans un fauteuil.

— Dix minutes, rappela-t-il d'un air renfrogné.

— Nicholas ? demandai-je en m'approchant.

Il inclina la tête vers moi.

— Je m'appelle Henry. J'étais un ami de Hugh.

Il ne répondit rien.

Je m'agenouillai auprès du fauteuil et levai les yeux. Il était impossible de reconnaître des traits humains dans ce visage ravagé. Ses yeux roulaient au hasard dans leurs orbites. Il était bourré de médicaments.

— J'étais son ami, continuai-je. L'ami de votre fils, Hugh.

Il se détourna et contempla la fenêtre.

— Hugh, dit-il enfin d'une voix rendue rauque à force de rester constamment muet.

— Hugh, répétai-je.

Je continuai de parler, doucement. Je lui expliquai comment j'avais connu Hugh, quelle affection j'avais pour lui. Que je croyais qu'il avait été assassiné. Qu'il fallait que je sache ce que Hugh lui avait dit quand il lui avait rendu visite.

Nicholas Paris continuait de fixer la fenêtre, comme s'il n'entendait rien d'autre que le bruyant gazouillis d'un oiseau dehors.

Puis soudain, je remarquai une larme qui perlait au coin de son œil. Une unique larme qui coula lentement.

— Hugh est mort ? demanda-t-il.

Il ne le savait pas.

— Oh, mon Dieu, murmurai-je. Je suis désolé.

— Ça suffit, claqua une impérieuse voix de femme au-dessus de moi.

Je levai les yeux. Katherine Paris se tenait, raide et pincée, juste à côté de moi. Malgré le maquillage, son visage était rouge et ses élégantes petites mains serrées comme des poings. Phillips était non loin et, derrière lui, attendaient deux robustes infirmiers.

— Bonjour, Mrs Paris, dis-je en me levant.

Elle leva la main et me gifla.

— Faites-le sortir d'ici, ordonna-t-elle à Phillips.

Il fit un signe et les infirmiers s'avancèrent.

7

C'est au crépuscule que la Fiat marron de Katherine Paris quitta la route venant de Silverwood pour prendre l'autoroute. J'éteignis la radio, démarrai et la suivis. Je n'avais aucune raison de penser qu'elle puisse reconnaître ma voiture : les Accord bleues étaient tellement communes qu'elles en devenaient invisibles sur les routes de Californie.

Nous dépassâmes des vignobles, des vergers et des fermes, puis une zone résidentielle déprimante dont les rues étaient baptisées Chardonnay et Pinot Noir. Il commençait à faire frais : l'automne était déjà dans l'air.

Nous continuions de rouler et rouler, nous enfonçant de plus en plus dans l'arrière-pays entre des collines boisées, sinistres dans la lumière bleutée de la nuit tombante.

Elle alluma ses phares et j'en fis autant. Nous croisâmes un camion et une moto, puis nous fûmes de nouveau seuls sur la route, enveloppés de l'odeur âcre de terre humide qui s'élevait des champs environnants.

Cela aurait été agréable, songeai-je, si Hugh avait été avec moi. Je connaissais un sympathique restaurant à St Helena. Nous aurions pu y aller dîner, puis dormir quelque part dans les environs et visiter les vignobles le lendemain. T.S. Eliot se trompait concernant le souvenir et le désir : ils sentaient la terre humide d'un soir d'automne et n'avaient rien à voir avec le printemps.

Mes pensées revinrent au présent. La Fiat clignota et nous tournâmes dans une rue étroite. Un bâtiment de trois étages brillamment éclairé se dressait non loin devant nous. L'enseigne au-dessus de l'entrée annonçait HÔTEL GEORGE. Cette charmante vieille demeure en bois était peinte en blanc avec des moulures vertes. Une large véranda semée de fauteuils en faisait le tour. Presque personne n'y était assis. Katherine Paris se gara : je la vis monter rapidement les marches et s'engouffrer à l'intérieur.

J'attendis dans ma voiture au cas où elle ressortirait. Il y avait des sources thermales dans la région et sans doute les gens qui les fréquentaient devaient-ils séjourner au *George*. Trois autres voitures seulement étaient garées sur le parking. Apparemment, les affaires n'étaient pas florissantes.

Comme elle ne ressortait pas au bout de cinq minutes, je songeai qu'elle était peut-être venue retrouver quelqu'un. Qui ? Un membre de la famille ? Elle n'était déjà pas très nombreuse, et elle avait été décimée au cours des années.

Des petits-enfants Linden, John et Christina, seule cette dernière s'était mariée. Robert et elle avaient eu deux fils, Jeremy et Nicholas. Seul celui-ci s'était marié et Katherine et lui n'avaient eu qu'un seul fils, Hugh.

De ces quatre générations, les seuls survivants étaient John Smith, le juge, Nicholas le dément et Katherine. Les descendants de Grover Linden semblaient victimes d'une punition divine. Je me forçai à sortir de cette rêverie éveillée et me rendis compte que cinq minutes de plus avaient passé. Je décidai d'aller la retrouver.

Le petit hall rectangulaire était recouvert d'une épaisse moquette grise et meublé de fauteuils et tables en bois sombre, de style espagnol. À côté de la réception, un escalier bien ciré menait aux étages supérieurs. En face, une porte ouverte surmontée d'un petit néon indiquait le bar. J'allai y jeter un coup d'œil. Dans la lumière tamisée, je la vis assise sur un tabouret au bout du comptoir. J'entrai et m'approchai d'elle par-derrière. Elle était seule.

Je m'installai sur le tabouret voisin et commandai un bourbon à l'eau avant de la saluer.

Elle tourna vivement la tête. Je lus dans son regard un tel épuisement qu'il éteignit aussitôt l'étincelle de colère suscitée par ma présence. Ces yeux n'avaient pour moi que mépris et dédain, mais plus que tout, ils me suppliaient de la laisser tranquille. Je regrettai de ne pouvoir la satisfaire.

— Puis-je vous offrir quelque chose à boire, Mrs Paris ?

— Pourquoi pas ? se moqua-t-elle. On acceptera certainement votre argent ici, et je ne refuse jamais un verre. (J'appelai le barman et demandai la même chose.) Vous m'avez suivie jusqu'ici ?

— Oui.

— Pourquoi ?

— Pour discuter.

— De Hugh ?

— Pas nécessairement. Nous pourrions parler de vous. Ou de votre mari. Ou de votre ex-beau-père.

— Aucun de ces sujets ne m'intéresse, déclara-t-elle.

La pénombre de la salle effaçait presque toutes ses rides et elle semblait nettement plus jeune. Elle était petite, ses pieds n'atteignaient pas le cercle métallique au bas du tabouret, et l'espace d'un instant, quand elle leva son verre, elle sembla aussi fragile qu'une enfant.

— Alors parlez-moi de vos poésies.

Elle me jeta un regard oblique.

— Mr Rios, j'ai eu autrefois un certain talent pour écrire, un talent infime. Je l'ai épuisé depuis longtemps, noyé dans l'alcool, peut-être. En tout cas, ce sujet est encore moins attrayant que les autres.

Après un silence, elle me demanda brusquement :

— Vous aimez la vie que vous menez ?

— Vous me demandez si je suis heureux ?

— Oui, si vous voulez dire les choses vulgairement.

Elle termina son verre. Un de plus.

— Je l'ai été, de temps en temps.

— Voilà bien une réponse d'avocat, lâcha-t-elle dédaigneusement. Pinailleuse — oh, pardon : équivoque. Ce que je vous demande, reprit-elle en haussant soudain le ton, c'est : d'une manière générale, ne préféreriez-vous pas être mort ?

— Non.

— Eh bien, moi, je le pense souvent, dit-elle en baissant la voix.

— Pourquoi ?

— Ma vie n'a plus de sens. On en a exprimé jusqu'à la dernière goutte. Je ne pense pas que vous puissiez comprendre.

— Votre mari ?

— Mon mari.

Un autre verre venait d'être posé devant elle. Je me rendis compte que j'allais subir les confidences imbibées d'une vieille femme déprimée. Le sens des convenances faillit me faire quitter le bar.

— J'ai épousé Nick Paris au cours de ma deuxième année à Radcliffe. J'étais d'une vieille famille de Boston. Il était riche et fou. Je savais pour le premier, mais j'ignorais le second.

Elle passa le bout de l'ongle sur la paroi du verre.

— Je voulais être la nouvelle Edna St Vincent Millay, Mr Rios. Au lieu de cela, je suis devenue l'épouse d'un riche fou. Et une poétesse mineure.

Elle me fixa comme si elle essayait de se rappeler qui j'étais.

— Que voulez-vous de moi au juste ?

— Qui a tué Hugh ?

— Oh, encore ça ? Pourquoi imaginez-vous qu'on l'ait tué ? Il était très capable de le faire tout seul.

— Et vous, vous préféreriez être morte, mais vous êtes là, bien vivante.

— Vivante, peut-être. Je ne peux pas vous aider, mon cher. On m'a achetée et payée il y a bien longtemps.

— Qui cela ?

— Vous en connaissez certainement assez sur cette famille pour savoir qui. Quand j'ai épousé Nick, ses parents, horrifiés de ma pauvreté, ont essayé de faire annuler le mariage, mais j'étais déjà enceinte de Hugh. Nous sommes venus en Californie et cela s'est bien passé pendant un certain temps. Christina, ma belle-mère, me traitait plutôt bien. Et j'appréciais beaucoup Jeremy, évidemment.

— Votre beau-frère.

— Oui. Et puis ça s'est gâté.

Elle alluma une cigarette.

— Que s'est-il passé ?

— Christina a voulu divorcer. Son mari a refusé d'en entendre parler.

— Le juge.

— Bien sûr. Le mariage l'arrangeait bien. Il avait eu ce qu'il voulait grâce à la famille : argent, pouvoir, prestige. Et il la traitait comme un meuble et ses fils comme encore moins que cela. Vous savez, c'est un être malfaisant.

— J'ai cru comprendre.

Elle me regarda.

— Hugh vous a raconté quelques anecdotes ? Je vous assure qu'il y a pire. (Elle souffla un ruban de fumée vers son reflet dans le miroir du bar.) Et puis, ils ont été tués, Christina et Jeremy.

— Savez-vous où ils allaient, ce jour-là ?

— À Reno. Christina devait y obtenir le divorce. Jeremy l'accompagnait pour la soutenir. Tout s'est fait comme une véritable conspiration. Ils sont partis de bonne heure le matin sans rien dire au juge, mais il a tout découvert. Le lendemain, on ramenait leurs cadavres.

— Il les a tués.

— À vous de conclure par vous-même. Nicholas était déjà atteint, à l'époque. Il adorait

Jeremy, et après sa mort, son état a rapidement empiré. Peut-être pas assez pour mériter de finir dans ce dépotoir à cinglés, mais c'est une question qui regarde les médecins.

— Et quel a été votre sort ?

— À l'époque, j'avais une liaison. Et Paris, le juge, a engagé un détective pour accumuler des preuves de mon inconduite. Il exigeait que j'accepte de divorcer et de renoncer à mes droits sur l'héritage de Nick. Malheureusement, j'avais acquis un certain goût pour la richesse et j'étais prête à tout pour sauver quelque chose. Et il se trouvait que j'avais un pion à jouer, conclut-elle en remettant une mèche de cheveux en place.

— Hugh ?

— Oui. L'héritier de son père. J'ai accordé à Paris la tutelle de mon fils et en échange...

— Vous avez reçu vos trente deniers d'argent, achevai-je d'un ton amer.

— Considérablement plus. Et de quel droit me jugez-vous ? Il n'a été rien de plus pour vous qu'un coup d'un soir.

— Non. Je l'aimais.

Elle se détourna.

— Je n'ai jamais compris l'homosexualité, dit-elle après un silence. Je ne vois pas du tout ce que deux hommes peuvent faire ensemble.

— Je pourrais vous en parler, mais ce serait totalement en dehors du sujet.

— J'en suis navrée, Mr Rios, comme je suis

désolée de tellement de choses que cela ne vaudrait guère la peine de commencer à en dresser la liste.

— Voulez-vous que je vous raccompagne en ville ?

— Non, merci. Le barman arrête de me servir à 22 heures et je prends une chambre à l'hôtel. Ne vous inquiétez pas. (Elle était descendue de son tabouret.) Bonsoir, Mr Rios.

— Bonsoir, Mrs Paris.

Elle s'en alla en contournant les tables vers les toilettes. Je sortis dans la nuit et l'air glacé de l'automne, ivre et déprimé.

Le lendemain matin, j'étais à la bibliothèque juridique du comté dès l'ouverture et je passai une heure plongé dans les manuels de droit de la propriété. La petite phrase du coroner sur les décès simultanés de Christina et Jeremy Paris n'avait cessé de me tracasser. J'y avais songé pendant tout le trajet du retour. Il y avait forcément une raison à cette discordance entre le rapport de police et les conclusions du coroner.

Le rapport du coroner était un document légal qui concernait deux domaines du droit : pénal et successoral. Étant donné qu'à l'époque, aucune question de responsabilité criminelle n'avait été soulevée à l'issue de l'accident, l'intervention du coroner avait dû être demandée en vue d'un jugement devant le tribunal des successions. À ce point de mon raisonnement me revint à l'esprit cette histoire de « décès simultanés », expression que je me rappelais vaguement de mes cours de droit successoral.

Je m'emparai d'un manuel à couverture rouge, *Successions testamentaires et intestat*, huitième édition, de John Henry Howard, Professeur Honoraire à la Faculté de Droit de la Linden University. J'avais suivi son cours sur les successions.

À l'époque, il n'en était qu'à la cinquième édition. J'ouvris le manuel à la table des matières. Il était divisé en deux parties, successions testamentaires et successions intestat. Voyant les deux concepts face à face, je me rendis brusquement compte de mon erreur.

Aaron Gold m'avait dit que Christina Paris avait laissé un testament, mais que ses biens avaient été quand même transmis *ab intestat*. J'avais cherché une erreur de rédaction qui aurait invalidé un testament et qui, d'une manière ou d'une autre, concernait l'heure de la mort.

Mais la règle du décès simultané était un concept de succession intestat qui s'appliquait toujours, qu'un testament ait ou non été rédigé. Le problème ne résidait pas dans la rédaction correcte du document, mais dans le nom du bénéficiaire. Je revins à la table des matières et, dans la section sur les successions intestat, tout en bas de la page, je lus les mots « décès simultanés ».

Ce n'était pas un sujet brûlant, il n'avait droit qu'à une page et demie. La première exposait les généralités sur le concept avec des exemples de cas. L'autre présentait une situation hypothétique et les diverses questions qu'elle soulevait. Je me souvins que les hypothèses du Professeur Howard étaient toujours beaucoup moins simples qu'elles n'y paraissaient.

Par rapport aux complications qui parsèment généralement le droit successoral, le concept de décès simultané était relativement simple et direct : un mort ou ses ayants droit ne pouvaient hériter d'un vivant. En conséquence, si une femme léguait ses biens à sa fille, mais que celle-ci décédait avant elle, le legs était nul et non avenu. Lors du décès de la mère, le legs revenait dans sa succession au lieu d'être transmis aux héritiers de sa fille.

Mais que se passait-il si mère et fille décédaient dans des circonstances telles qu'il était impossible de déterminer qui était mort en premier ? Le legs revenait-il à la succession de la mère ou était-il transmis à celle de sa fille ? C'est pour pallier ce genre de situation qu'avait été créée la règle des décès simultanés. Selon cette règle, le droit présumait que si testateur et légataire décédaient simultanément, c'était le légataire qui était mort en premier. En conséquence, le legs retournait à la succession du testateur et était transmis selon le reste des dispositions testamentaires.

Peu importait donc que le testament soit ou non correctement rédigé. Par exemple, un père pouvait rédiger un testament laissant tous ses biens à son fils, mais si celui-ci décédait avant son père, le testament n'était plus qu'un bout de papier et les biens du père divisés comme s'il n'avait jamais existé. Je commençai à penser que quelque chose de similaire s'était produit dans le cas de Christina Paris.

Par ailleurs, cette règle des décès simultanés présentait un autre intérêt pour moi. La présomption que le testateur avait survécu au légataire était réfutable. En d'autres termes, elle pouvait être contestée au tribunal par des dépositions recevables. Par exemple, le témoignage des ambulanciers sur les lieux de l'accident.

Mais si le tribunal n'avait comme matière à discussion que le rapport du coroner, il était fort peu probable qu'il aille chercher plus loin : un tribunal peut recevoir ou non les preuves qui lui sont soumises, mais il n'a aucun moyen de mener une enquête par lui-même.

Je passai à l'hypothèse. Au premier abord, les faits semblaient relativement simples, mais je la relus attentivement en cherchant les pièges. Arrivé à la moitié de ma lecture, je me rendis compte que les faits m'étaient curieusement familiers : un femme fortunée laissait tous ses biens à l'un de ses deux fils qui, ensuite, était tué dans le même accident de voiture qu'elle.

Se pouvait-il que le professeur Howard ait fondé son hypothèse sur la réalité de la mort de Christina Paris ? À la suite de l'hypothèse, l'auteur exposait six faits supplémentaires qui modifiaient chacun la disposition de la succession. Le dernier posait le problème suivant : la transmission des biens de la défunte était-elle modifiée si l'un de ses héritiers intestat — son mari, peut-être — avait provoqué les décès dans le but d'invalider son testament.

Son mari, peut-être !

Deux heures plus tard, je longeais une haie poussiéreuse le long d'une impasse, dans un coin de forêt retiré du campus où les professeurs en retraite résidaient dans des logements payés par l'université. Si, à la faculté de droit, tout le monde savait que John Howard, parti en retraite huit ans plus tôt, était toujours en vie, rares étaient ceux qui le voyaient et plus encore ceux en contact avec lui. Mais un vieux bonhomme du bureau des anciens étudiants m'avait déniché son adresse.

J'arrivai devant une barrière blanche. Au-delà d'une pelouse agonisante et envahie d'herbes folles, une maison à façade de plâtre se dressait à l'ombre d'un immense chêne. L'endroit était étonnamment silencieux et paisible, comme un navire ancré dans des eaux calmes. Je poussai la barrière et remontai l'allée pavée jusqu'à une porte verte munie d'un heurtoir en bronze en forme de marteau de juge. Je frappai deux fois.

La porte s'ouvrit sur une Asiatique d'âge mûr vêtue d'une robe verte. Elle s'essuya les mains sur son tablier en me lorgnant d'un air soupçonneux.

— Oui ?

— Je viens voir le Professeur Howard. Êtes-vous sa femme ?

— Gouvernante, répondit-elle. Vous voulez voir professeur ?

— Oui. Il habite bien ici ?

— Oui, oui, mais longtemps personne vient.

— Eh bien, moi si, lui fis-je remarquer.

— Je vais chercher, dit-elle en s'engouffrant dans la maison.

Comme elle avait laissé la porte ouverte, j'entrai.

Il flottait dans la maison une étrange odeur à la fois âcre et douce, mélange de fumée de cigare et de cire. Je me trouvais à l'entrée d'un long couloir sombre. Une arche ouvrait sur un petit salon. Les meubles, vieux et très laids, étaient trop volumineux pour la pièce, comme s'ils avaient été achetés pour une demeure plus vaste. Un aspirateur était posé entre deux sofas rouge brique. Des cendres encombraient la cheminée. Un pot de chrysanthèmes d'un jaune éclatant trônait sur une table basse près d'une pile bien rangée de périodiques légaux. Les murs exsudaient la solitude de la vieillesse. Probablement qu'il ne s'était jamais marié.

La gouvernante réapparut, me toucha le bras et me demanda de la suivre. Je la suivis dans le couloir jusqu'à une pimpante petite cuisine. Elle ouvrit la porte de la cour et je sortis. Je vis une piscine vide délabrée, au fond rempli de feuilles jaunies.

Devant se trouvaient deux fauteuils de jardin blancs — le genre ancien, en bois — de part et d'autre d'une table. Sur la table étaient posés une bouteille de vodka presque vide, une autre de jus d'orange et deux verres. L'un des fauteuils était occupé par un vieil homme vêtu d'un cardigan rouge trop grand et troué au coude.

Il tourna son visage vers moi. Ses épais cheveux gris étaient hirsutes et gras et il arborait désormais une barbichette. Son cigare d'une main, il tendit l'autre pour prendre son verre. Le professeur John Henry Howard, dernière édition.

— Vous vouliez me voir ? demanda-t-il d'une voix épaissie par l'accumulation des années et de l'alcool. (Je hochai la tête.) Eh bien, mon garçon, présentez-vous.

— Henry Rios, monsieur. Promotion 1972. J'ai suivi votre cours de droit successoral.

Il me fixa avec attention alors que je

m'approchais, main tendue. Il posa son cigare, la serra et me fit signe de prendre place à côté de lui.

— Promotion 72 ? Une bonne année, ça. Vous n'étiez pas nombreux à vouloir faire du successoral. Vous vous intéressiez plus aux vifs qu'aux morts. Vous étiez à quelle place, Mr ... ?

— Rios. Au fond.

— Ah, vous faisiez partie de ceux-là. Quelle a été votre note finale ?

— A moins.

Il haussa ses sourcils broussailleux et je crus un instant qu'il allait me demander de lui montrer mon diplôme.

— Eh bien, c'est que vous avez appris quelque chose. Prenez un verre.

— Non, je...

Mais avant que j'aie pu achever, il avait rempli le verre de vodka et ajouté, comme s'il se ravisait, un trait de jus d'orange. J'en pris une gorgée. J'eus l'impression de boire de l'alcool à brûler.

— Le cocktail malin, dit-il en trinquant avec moi. L'un de mes derniers plaisirs. J'ai ma méthode, voyez-vous. Je m'autorise à boire de la vodka tant qu'il me reste du jus d'orange. En dosant judicieusement, je peux faire durer le jus d'orange toute une journée.

— On sent l'homme de loi, remarquai-je.

— Absolument, gloussa-t-il. Mr Rios, de quoi devons-nous parler ?

— Je voulais vous poser une question sur une hypothèse exposée dans votre manuel.

— Vous êtes spécialiste de la question ?

— Non.

— Tant mieux, parce que sinon, je vous facturerais des honoraires et je ne suis pas bon marché. Allez-y, dit-il en rejetant la tête en arrière.

Je sortis de ma poche une photocopie de la page de son livre illustrant le concept de décès simultané.

— Il s'agit de ceci, expliquai-je en le lui tendant.

— Quelle est votre question ? demanda-t-il en parcourant le texte.

— Une femme riche et son fils aîné sont tués dans un accident de voiture. Elle avait légué tous ses biens à ce fils. Le tribunal recourt à la règle des décès simultanés pour invalider le testament et ses biens sont transmis, *ab intestat*, à son mari. Seulement, au numéro six, vous demandez ce qu'il en serait si le mari avait en fait provoqué l'accident.

— Eh bien, réfléchissez, Mr Rios, commença-t-il. Si vous tuiez votre vieille mère pour récupérer les bijoux de famille, pensez-vous que la cour récompenserait ce matricide ?

— D'après votre ton, j'en déduis que non.

— Si la loi n'était pas ce qu'elle est, ce

serait déclarer ouverte la saison de la chasse pour toute personne fortunée. Cela répond-il à votre question ?

— À l'une d'elles. Ces faits sont inspirés des décès de Christina et Jeremy Paris, n'est-ce pas ?

Il reprit son cigare dans le cendrier et le ralluma.

— J'enquête sur la mort de son petit-fils, Hugh Paris, un de mes amis. Je crois qu'il savait ou soupçonnait que sa mort et celle de son fils, Jeremy, avaient été fomentées par Robert Paris. Je crois que vous savez quelque chose.

— Dans quel domaine m'avez-vous dit exercer ?

— Je ne vous l'ai pas dit. Droit pénal.

— C'est un domaine bien délicat, observa-t-il en secouant la tête. Pas de règles. Le pouvoir y a force de droit et le mince papier de la Constitution est un rempart fragile entre le poing et le visage.

— Pourquoi les a-t-il fait assassiner ?

Howard me regarda en plissant les yeux, comme s'il débattait entre mentir et dire la vérité.

— Elle était sur le point d'obtenir le divorce. Cela aurait mis fin à ses droits sur l'héritage intestat. Elle l'avait déjà supprimé de son testament.

— Comment le savez-vous ?

— C'est moi qui ai rédigé l'acte, énonça-t-il d'une voix tremblante.

— Que savez-vous d'autre, professeur ?

— Sur le testament ou sur le mariage ? Ils étaient étroitement liés. Le mariage était un enfer pour elle, mais elle le supportait pour les enfants et parce qu'elle était catholique mais, plus que tout, parce qu'elle était la petite-fille de Grover Linden et que les Linden n'acceptent pas la défaite. Mais elle détestait Robert. Il s'est servi d'elle, il l'a dépouillée de ses biens. Elle est donc venue me voir un soir et m'a demandé de rédiger un testament qui l'empêcherait de prétendre à la fortune des Linden de telle manière qu'il perdrait s'il le contestait.

— Comment vous y êtes-vous pris ?

— Nous lui avons accordé la communauté des biens, ceux de l'un et de l'autre. Ce n'était pas négligeable. C'était la carotte. Tout le reste allait aux fils. Jeremy recevait immédiatement sa part et Nicholas bénéficiait d'un fonds administré par Jeremy et son oncle, John Smith. Ça, c'était le bâton.

— Je ne saisis pas.

— Robert n'aurait guère pu se plaindre qu'il était déshérité étant donné qu'il recevait tout ce qu'ils avaient acquis pendant trente années de mariage. Et s'il contestait le testament, il était forcé de remettre en question les droits de ses propres enfants ainsi que ceux de son beau-frère, un homme encore plus riche que lui. Pour faire bonne mesure, nous avons ajouté une clause *in terrorem* stipulant qu'il perdrait tous ses droits s'il contestait sans succès la moindre clause du testament.

— Vous aviez pensé à tout, sifflai-je, admiratif.

— Sauf à une chose. Ses droits intestat. Tant qu'ils restaient mariés, il restait le principal héritier intestat. Du coup, de son point de vue, il suffisait d'invalider le testament.

— Il était au courant de son existence, alors ?

— Oui. Elle a commis l'erreur de le mentionner pour le défier. Deux semaines plus tard, Jeremy et elle, qui avaient dîné ensemble, ont été victimes d'une grave intoxication alimentaire. C'est peut-être un coup de veine que Robert, qui avait mangé comme eux, n'ait rien eu. (Il haussa les épaules.) Mais elle a pris peur. Entre-temps, j'avais découvert le talon d'Achille de notre plan. Je lui ai conseillé d'obtenir le divorce.

— Elle n'est jamais arrivée jusque-là.

Il poussa un gros soupir et téta son cigare éteint.

— J'ai une dernière question. Pourquoi s'est-elle adressée à vous ?

— Mr Rios, c'est de l'histoire ancienne.

— Je vous en prie.

— Il y a presque soixante ans, j'ai assisté dans cette université à une réception donnée par

Jeremiah Smith, qui en était alors président depuis treize ans. Sa femme étant décédée, c'était sa fille Christina qui jouait le rôle de maîtresse de maison. J'étais diplômé depuis neuf mois et je venais d'être engagé comme assistant à mi-temps en droit de la propriété. À la réception assistait également Robert Paris, condisciple et collègue avec trois mois d'expérience de plus que moi. Quoi qu'il en soit, nous avons pris le pari d'aborder la respectable Miss Smith et de l'inviter à danser. C'est moi qui en ai eu l'audace. Elle m'a accordé la danse, mais c'est à lui qu'elle a accordé sa main, quatre ans plus tard. Mais nous sommes devenus amis, cependant, elle et moi. Nous le sommes toujours restés.

— Je suis désolé.

Il eut un sourire sans joie.

— Vous savez, Mr Rios, qu'il demeure un aspect de l'affaire que vous n'avez pas examiné comme il fallait.

— Pardon ?

— La mort de Jeremy. Pourquoi était-il nécessaire de les tuer tous les deux de telle façon qu'on puisse conclure à des décès simultanés ? Robert, étant le père de Jeremy, était son principal héritier intestat, puisque Jeremy était célibataire et sans enfants. Il aurait pu se débarrasser quand il voulait de Jeremy, sauf si... ?

— Sauf si Jeremy avait lui aussi laissé un

testament qui nommait un légataire autre que le juge.

— Précisément.

— Et c'était le cas ?

— Oui. Le texte n'était pas encore définitif, mais cela aurait suffi.

— Qui était le légataire de Jeremy ?

— Son neveu, Hugh Paris.

— Qu'est devenu le testament de Jeremy ?

— Je l'ai, quelque part. Je l'ai sorti il y a seulement six mois pour le montrer à Hugh.

— Hugh est venu vous voir ?

— Oui. Il est venu, alors qu'il en savait moins que vous, mais suffisamment pour deviner l'importance du fait que son oncle et sa grand-mère aient été tués au même moment.

— Ce n'était pas le cas, vous savez. Elle est morte quinze minutes avant lui. C'est ce que disait le rapport de police, mais le coroner a été soudoyé pour donner des conclusions différentes.

Il ferma les yeux.

— J'aurais su cela il y a vingt ans, je serais allé trouver la police. Comment Robert a-t-il pu se montrer aussi maladroit ?

— Je crois qu'il était à bout de ressources. Affolé. Si on l'avait accusé à l'époque, il aurait probablement craqué.

— Et votre ami serait en vie. C'est à mon tour d'être désolé.

Et après cela, il sembla qu'il n'y avait plus rien à dire.

Je quittai le professeur et retournai à l'union des étudiants, d'où j'appelai Terry Ormes au commissariat. Comme elle était sortie, je laissai un message. Sonny Patterson, du bureau du DA, était parti déjeuner. Je pris rendez-vous avec sa secrétaire pour le lendemain. Personne ne répondait au bureau d'Aaron Gold. Ayant raccroché, dépité comme un acteur qu'on a privé de son public, je restai indécis devant la cabine, quand les odeurs de la cafétéria me rappelèrent qu'il était l'heure de déjeuner.

J'achetai deux hamburgers et deux gobelets de bière et je m'installai à une table dans un coin. Tout en mangeant, je rassemblai mes arguments pour présenter l'affaire à Sonny le lendemain.

Ce n'était qu'une banale histoire de cupidité. Robert Paris avait été déshérité par sa femme Christina en faveur de ses deux fils, Nicholas et Jeremy. Étant donné son état mental, Nicholas ne posait aucun problème et le juge pourrait le mener par le bout du nez. En revanche, il fallait se débarrasser de Jeremy. Paris devait invalider le testament de Christina de façon à annuler le legs en faveur de Jeremy et de ses héritiers, afin de récupérer cette partie des biens de Christina *ab intestat*.

Christina et Jeremy avaient été tués dans un accident dont l'unique témoin avait lui aussi été tué un peu plus tard. Un coroner corrompu avait dirigé l'instruction et faussé les heures des décès afin de faire croire que Christina et Jeremy étaient morts au même moment.

En raison de la règle des décès simultanés, les biens de Christina revenaient à sa famille survivante, une moitié au juge *ab intestat*, et l'autre à son fils cadet, Nicholas, suite au legs demandé par Christina, qui n'était, lui, pas affecté par l'invalidation du legs à Jeremy.

Nicholas avait ensuite été interné dans un asile et sa femme, Katherine, forcée au divorce par un chantage. J'étais convaincu que le juge avait été nommé tuteur des biens de Nicholas. Une fois cette machination achevée, le juge Paris s'était approprié le contrôle de la fortune de son épouse.

Il n'y avait eu qu'un infime contretemps : Hugh. Là, le juge avait agi de manière plus subtile. Il avait enlevé l'enfant à sa mère, en avait abusé sexuellement, puis il l'avait envoyé d'école privée en école privée loin de chez lui. Il s'assurait que Hugh avait tout l'argent qu'il lui fallait.

Privé de racines, sans garde-fou, avec trop d'argent et pas assez de jugement, Hugh était devenu un junkie. Il avait failli se détruire. Mais il s'en était fallu de peu. Il était rentré dans sa ville natale et, ayant rassemblé le puzzle des crimes de son grand-père, était brusquement devenu une sérieuse menace pour Robert Paris. Et lui aussi avait été tué.

Telle était l'histoire. Les preuves ne seraient pas aussi limpides et faciles à rassembler. Ce ne seraient que des fragments épars de conversations, des notes griffonnées, des souvenirs presque effacés. L'enquête serait laborieuse et entraînerait sans doute une interminable guerre d'avocats. En héritant de l'affaire, Sonny jugerait peut-être le terrain trop glissant et l'enterrerait. Mais j'en doutais. Ayant plaidé face à lui, je savais qu'il ne renonçait pas au combat. Et qu'il aimait gagner.

Au moins, mon rôle serait terminé. Je pourrais enfin exorciser cette dernière image de Hugh gisant à la morgue.

Je retournai au téléphone. Cette fois, Terry était à son bureau.

— Écoutez, je suis contente que vous ayez rappelé, commença-t-elle.

— Je vois Patterson demain dans la matinée. Je vais lui exposer toute l'affaire et j'aimerais que vous soyez là.

— Quel est le fin mot de l'histoire, alors ?

— Robert Paris a tué sa femme, son fils et son petit-fils. Je sais exactement comment cela s'est produit et pourquoi. Je suis certain que

Patterson va ordonner que soit rouverte l'enquête sur la mort de Hugh.

— Je ne crois pas, dit-elle doucement. Où êtes-vous ?

— À l'université. À l'union des étudiants. Pourquoi ?

— Vous avez lu les journaux du matin ?

— Non, pas encore. Je n'ai pas arrêté depuis que je suis levé.

— Vous devriez y jeter un coup d'œil.

— Pourquoi ?

— Robert Paris est mort. Le juge est mort.

— Quoi ?

— Ce matin à l'aube. Une attaque. Henry ? Vous m'écoutez ?

— Ouais, marmonnai-je en regardant la cour au-delà du patio.

Trois mâts s'y dressaient, un pour le drapeau des États-Unis, un autre pour celui de la Californie et le troisième pour celui de l'université. J'avais dû passer cinq ou six fois devant depuis ce matin et c'est seulement alors que je remarquai qu'ils étaient en berne.

8

Un flot d'orgue se déversa quand les portes de la chapelle s'ouvrirent et que l'archevêque de San Francisco, flanqué de ses enfants de chœur en surplis rouge, sortit en clignant des yeux dans la vive lumière de midi. Les vigiles de l'université, qui patientaient jusque-là sans rien faire, resserrèrent leurs rangs pour former une haie d'honneur de part et d'autre de la procession.

J'étais adossé à un pilier auprès d'une équipe de télévision de la chaîne locale. Une blonde commentait la scène au micro. Les projecteurs s'allumèrent brusquement à l'apparition des premiers dignitaires qui sortaient de la pénombre de l'église.

Le maire de San Francisco, un ancien étudiant, avança au bras du président de l'université. Juste derrière suivait le gouverneur, diplômé de la faculté de droit, seul, soignant sa popularité par de petits signes discrets de la main et un sourire figé.

Ensuite venait une coterie de vieux messieurs qui, bien que dépourvus de leurs robes, arboraient l'air pénétré d'importance des juges. Ensuite, le seuil de l'église resta vide un moment, puis arrivèrent huit messieurs d'un certain âge, vêtus de costumes sombres, chemises blanches et cravates noires identiques, portant sur leurs épaules le cercueil luisant en bois de rose.

À l'intérieur reposait la dépouille mortelle de Robert Wharton Paris, que le *San Francisco Chronicle* avait présenté le matin même dans son éloge funèbre comme l'un des plus éminents citoyens de Californie de sa génération. Nulle part il n'était dit que l'unique descendant encore en vie du juge, son fils, était enfermé dans un asile de Napa. La presse avait préféré rappeler une incontestable et éblouissante réussite.

Robert Paris, issu quatre-vingts ans plus tôt d'une famille pauvre d'agriculteurs de la vallée de San Joaquin, s'était hissé à la force du poignet jusqu'à la Linden University, était allé à Oxford avec une bourse de la Rhodes, revenu aux États-Unis pour décrocher un diplôme de droit à Harvard, tout cela avant l'âge de vingt-cinq ans.

Engagé comme assistant de droit de la propriété à la faculté, il avait rapidement atteint le rang de professeur. En même temps, il épousait Christina Smith, petite-fille de Grover Linden et fille de Jeremiah Smith, premier président de l'université.

Paris avait ensuite quitté l'université pour fonder à San Francisco, avec deux de ses collègues, un cabinet d'avocats qui occupait désormais tout un immeuble du quartier financier. Il avait donné sa démission du cabinet et accepté sa nomination à la Cour d'Appel des États-Unis pour le Neuvième Circuit. C'était un juriste distingué, fréquemment cité comme candidat potentiel à la Cour Suprême, mais trop conservateur pour les libéraux démocrates qui occupaient alors la Maison Blanche.

Quand un président républicain lui offrit enfin un poste à la Cour, il fut forcé de le refuser, en prétextant son âge et son infirmité. Peu de temps après, il quittait la cour d'appel pour passer les dix dernières années de sa vie presque en reclus. Et à présent, il était mort.

Plus grandiose que la stature, l'homme était ce qu'il représentait : la fortune des Linden. Les médias l'estimaient entre cinq cents millions et un milliard de dollars, mais ses sources et origines étaient voilées d'un tel secret que personne n'en connaissait vraiment l'étendue. Cette fortune était tellement immense qu'elle avait acquis un statut légendaire, comme si elle n'était pas placée dans des banques, des fonds d'investissements et de gestion, mais dissimulée dans des grottes comme le trésor d'un pirate.

Une fortune célèbre. Extraite de la Sierra

Nevada par les dizaines de milliers de coups de pioches qui avaient tracé la route du chemin de fer transcontinental. Une fortune impitoyable. Acquise au dépens de milliers de petits fermiers expulsés par l'insatiable appétit des entreprises de Grover Linden.

Une fortune corrompue. Nourrie des subventions du Congrès à une époque où chacun s'accordait à dire qu'un politicien honnête était celui qui, une fois acheté, restait fidèle.

Une fortune infinie. Coulant d'un tel flot ininterrompu que durant la crise financière des années 1890, Grover Linden s'était pratiquement porté garant de la dette nationale sur ses fonds propres et avait évité la banqueroute au gouvernement.

Robert Paris était à la tête de cette fortune et seuls une ou deux autres personnes et moi-même savions à quel prix il en avait obtenu la main-mise. En regardant le cercueil traverser la cour, je songeais, non pas à la famille du baron américain des chemins de fer du XIXe siècle, mais aux César, aux Borgia, aux Romanov. C'est seulement à l'aune de telles dynasties que je pouvais commencer à mesurer comment un homme avait pu tuer sa femme, son fils et son petit-fils pour satisfaire son appétit de pouvoir.

Je me souvins d'un tableau de Goya que j'avais vu des années auparavant au Prado : *Kronos dévorant ses enfants*. Kronos avait mangé sa progéniture pour éviter que se réalise la prophétie selon laquelle il serait détrôné par l'un de ses fils parvenu à l'âge adulte. La mère de Zeus avait substitué au bébé une pierre enveloppée dans des langes, que Kronos avait engloutie.

Dissimulé loin de là, Zeus avait grandi et fini par accomplir la prophétie. Robert Paris avait-il éprouvé la même crainte vis-à-vis de ses descendants mâles ? Ou bien était-il simplement fou ? Ou encore, cette famille de paysans de San Joaquin était-elle plus pauvre qu'on ne l'imaginait ?

Pendant ce temps, les obsèques étaient devenues une réception mondaine. La foule se déversait de l'église et se répandait dans la cour de l'Old Quad jusqu'à l'allée où j'avais tout à l'heure vu une armada de limousines attendant derrière un corbillard argenté. Les invités étaient si bruyants et enjoués que je m'attendis à ce qu'un serveur me propose d'un instant à l'autre un cocktail ou un canapé. Personne ne semblait vraiment éprouver de peine. Tout au plus, de temps en temps, une larme de circonstance était-elle tamponnée du coin élégant d'un mouchoir monogrammé.

Les riches sont différents, songeai-je : condamnés à mener leur existence en public, ils sont en constante représentation, au bord de l'hystérie, comme des chiens de concours dont on a soigneusement ôté par croisement tout trait de caractère, sauf l'angoisse. Le corps devait être enseveli dans le mausolée Linden, à cinq cents mètres de là. À en juger d'après les grondements des voitures sur l'allée, je pourrais y arriver avant que commence l'inhumation.

Malgré la saison, la chaleur accablante était comme une lente pulsation, puissante et implacable. Je me mis en route en ruisselant de sueur sous mon joli costume, comme un animal. D'une certaine manière, ma présence aux funérailles ne servait à rien. Dieu sait qu'on ne pouvait plus rien faire contre Robert Paris, sauf peut-être lui enfoncer un pieu dans le cœur.

J'arrivai au mausolée avant tout le monde sauf la presse. L'événement était historique. Personne n'avait été inhumé dans le mausolée de Grover Linden depuis la mort de son gendre, Jeremiah Smith, premier président de l'université, cinquante ans auparavant. Les membres moins importants du clan Linden-Smith-Paris, dont la femme et le fils aîné du juge, reposaient dans un petit cimetière à une trentaine de mètres de là. En revanche, Hugh n'y était pas. Je n'avais pu savoir ce qu'étaient devenues ses cendres.

J'ôtai ma veste, me réfugiai à l'ombre d'un chêne et observai la dernière demeure de Grover Linden. Selon la légende, Linden avait voulu qu'elle s'inspire du temple de l'Acropole. Il n'avait finalement eu qu'une construction nettement plus modeste constituée d'énormes blocs de granit gris poli ornée sur trois côtés de colonnes ioniques. Deux marches menaient à l'entrée, un paravent de bronze dissimulant deux portes de pierre, flanqué d'un sphinx en marbre de part et d'autre.

Devant le tombeau s'étendait une pelouse ovale que contournait une allée donnant sur les sentiers sillonnant le bois. C'était un lieu de rendez-vous connu et il n'était pas rare de trouver aux alentours du mausolée des canettes de bière, des bouteilles de vin, des mégots de joints et des préservatifs usagés. Cependant, aujourd'hui, le personnel d'entretien était passé par là.

J'entendis les voitures arriver et le craquement des brindilles sous les pas des gens qui se précipitaient en piétinant l'herbe desséchée : le cortège plus ou moins ordonné s'ébranlant depuis l'Old Quad avait attiré une foule de curieux en sueur, aux visages rouges, qui convergeait de toutes parts, alors que les vigiles tentaient de préserver un passage entre la route et les marches du tombeau. Je vis une photographe se hisser dans l'un des vénérables chênes et prendre place parmi les branches.

Les porteurs apparurent enfin, la démarche hésitante sur le chemin inégal. Ils étaient précédés du président de la faculté, qui ouvrit les portes. Alors qu'il se débattait avec une serrure, l'un des porteurs, un homme âgé, commença à s'affaisser sous son fardeau. Deux vigiles se précipitèrent pour le relever. Il resta la bouche ouverte, une veine palpitant furieusement sur sa tempe.

— Bienvenue à la nécropole, murmura une voix à côté de moi.

Je me retournai et trouvai Grant Hancock, impassible et toujours aussi séduisant dans un costume gris perle.

— Tu vois ce monsieur, là-bas ?

Je suivis son regard vers un coin sombre à l'écart de la foule, d'où un grand vieillard maigre observait la cohue derrière des lunettes noires.

— John Smith, dis-je. Je ne l'avais pas remarqué à l'église.

— Il n'y était pas. (Le vieil homme s'éclipsa.) Un titan qui en enterre un autre, observa Grant.

— Fait du même bois ?

— Mon Dieu, non. Robert Paris était tellement vulgaire qu'il avait de son vivant baptisé de son nom des immeubles. La seule chose pour laquelle Smith a autorisé qu'on utilise le sien, c'était une rose.

— Une rose ?

— C'est un horticulteur amateur, expliqua Grant. Et au fait, que fais-tu ici ?

— Je voulais m'assurer qu'il était bien mort.

Il ôta un fragment d'écorce de mon épaule.

— Le cercueil était ouvert. Il est bien mort.

— Le cercueil était ouvert ? Ça, c'est vulgaire.

— Robert Paris n'a jamais rien fait de bon goût à part mourir dans son sommeil. Quant à moi, je demanderai à ma famille de m'inhumer sans fanfare.

— Quand tu mourras, Grant, déclarai-je en souriant, les tailleurs et les barbiers décréteront une journée de deuil national.

— Et toi, quand tu mourras, répondit-il d'un ton moins léger, tu me manqueras. (Nous nous mîmes en chemin.) D'ailleurs, tu m'as manqué pendant ces quatre dernières années.

Je ne répondis pas. Le soleil me brûlait la nuque, je songeais aux obsèques, à Hugh, à beaucoup trop de choses, comme d'habitude.

— J'ai changé, reprit Grant.

— Il n'y a que les très jeunes gens qui pensent qu'on change toujours en mieux, énonçai-je. Je préfère plutôt tenir le cap. C'est toute la différence entre l'époque où j'avais trente ans et aujourd'hui.

— Tu me repousses ? Une fois de plus ?

— Non.

Nous avions atteint sa voiture. Il s'appuya contre la portière et nous nous regardâmes.

— Je me sens très vieux, aujourd'hui, dis-je, comme si j'avais dissipé ma promesse et ma capacité à aimer. J'éprouve cela depuis que Hugh est mort. Je ne sais pas ce qu'il me reste à offrir.

— Laisse-moi en décider.

— Je viendrai te voir ce week-end.

— Parfait. À ce week-end, alors.

Je retournai à ma voiture et une fois dedans, je desserrai ma cravate, remontai mes manches et jetai ma veste sur la banquette arrière. Sur le siège passager se trouvait un livre que j'avais acheté le matin, *Poèmes*, de Constantin P. Cavafy, le poète que Hugh avait cité naguère durant cette soirée d'été à San Francisco.

Je jetai un coup d'œil à ma montre. Il était presque 13 heures. Le moment était venu de gagner le restaurant où je devais retrouver Terry Ormes pour déjeuner. Je pris le livre. En le feuilletant dans la librairie, j'avais corné la page d'un petit poème que je lus à haute voix :

— *Ambiance de la maison, des cafés, du quartier que j'ai sous les yeux, et que je fréquente à longueur d'année, je t'ai créée de ma joie et de mes peines, grâce à tant d'incidents et de circonstances, et maintenant, tout entière, tu n'es plus pour moi que sentiment.*

Les mots avaient une cadence liturgique, presque celle d'une prière. *Tu n'es plus pour moi que sentiment*. Je n'étais pas venu voir inhumer Robert Paris, mais ensevelir Hugh. Et pourtant, je n'étais toujours pas satisfait. Je reposai le livre et démarrai.

Terry caressa du bout du doigt le rebord de son verre tandis que je commandais un autre bourbon à l'eau. La foule venue déjeuner chez

Barney's s'était considérablement clairsemée depuis notre arrivée une heure plus tôt. L'assiette de pâtes posée devant moi était presque intacte, mais j'avais plusieurs fois empêché le serveur de me débarrasser. Sa présence me permettait de justifier les quantités de bourbon que je buvais.

Terry portait une robe en coton satiné blanche à fines rayures verticales bleues et rouges et un diamant en pendentif à son cou mince. Je me demandai si elle avait quelqu'un dans sa vie. Il ne devait pas y avoir beaucoup d'hommes disposés à accepter sa calme autorité et sa brillante intelligence sans se sentir menacés. Et en cet instant, je la trouvais également très belle.

— Je devrais retourner au bureau, dit-elle.

Sans bouger pour autant, elle vida le reste de vin dans son verre et reprit notre conversation :

— Qu'est-ce que vous n'arrivez pas à accepter ?

— La mort de Robert Paris, je crois. J'attendais un face à face et voilà qu'il me meurt sous le nez.

— Mais vous ne pensez quand même pas qu'on l'a tué ?

— Non, il paraît qu'il était en mauvaise santé depuis des années et qu'il est mort de cause naturelle.

— Alors laissez tomber, me conseilla-t-elle en buvant une gorgée de vin. Qu'allez-vous faire de votre vie, à présent ?

— Je ne sais pas. Je n'ai absolument aucune autre formation que celle d'avocat.

— Cela paraît une bonne raison de choisir autre chose.

— Je suis bien d'accord, mais j'ai du mal à entrevoir clairement ce que sera ma nouvelle vie.

Le serveur posa un verre devant moi et tendit de nouveau la main vers mon assiette. Cette fois, je le laissai faire.

— Faites quand même attention au whiskey, dit-elle.

— Il faut bien que je trouve des calories quelque part.

— Vous pourriez venir dîner chez moi un de ces soirs.

— Cela me plairait bien.

Nous nous dévisageâmes.

— C'est une proposition amicale, précisa-t-elle.

— Je sais. Je l'accepte.

Je la vis se détourner. Que voyait-elle, quand elle me regardait ? Un étranger ou simplement un être solitaire ? Plutôt le second. Elle m'avait invité à dîner par compassion, pas par curiosité.

— Nous sommes différents, vous et moi, Terry. Nous ne jouons pas le coup qu'on attend de nous et nous sommes doués. C'est notre compétence qui fait de nous des marginaux, pas que vous soyez une femme flic et moi un avocat gay.

Elle hocha la tête, légèrement, et s'apprêta à partir. Je me levai en même temps qu'elle.

— Prenez soin de vous, Henry. Partez quelques jours, rencontrez quelqu'un, et quand vous rentrerez, appelez-moi.

— C'est promis, dis-je en la regardant partir.

J'aurais dû en faire autant, mais je préférai rester encore une heure au bar. Finalement, quand la première vague d'employés déferla des bureaux voisins, je demandai la note, payai et m'en allai.

Je glissai la clé dans la serrure, la tournai, poussai la porte — et rien ne se produisit. Le verrou était mis. Je repris mon trousseau et fourrai la clé du verrou dans sa serrure. D'un coup d'épaule, je poussai la porte. Elle s'ouvrit. Je restai un moment à la fixer. Je ne me rappelais pas avoir mis le verrou. D'ailleurs, je ne l'avais pas mis.

J'entrai chez moi et m'arrêtai net. Quelque chose clochait. Je jetai un coup d'œil autour de moi. Rien ne semblait avoir changé depuis mon départ pour l'université ce matin, mais était-ce bien le cas ? Avais-je refermé ce livre posé sur la table basse ? Je m'avançai dans la pièce.

Le verrou. J'étais sûr de ne pas l'avoir fermé. C'était inutile. On pouvait entrer de tellement de manières chez moi que je n'avais jamais imaginé qu'on puisse s'attaquer à la porte. Mais quelqu'un était entré par là et avait même pris la précaution de verrouiller en repartant.

Lentement, en commençant par la chambre, je parcourus méthodiquement toutes les pièces de l'appartement. Cela me prit plus d'une heure.

Dans la chambre, je soulevai le diplôme encadré qui dissimulait le coffre-fort. J'y retrouvai intacts la montre de gousset de mon grand-père, mon certificat de naissance, mon passeport, les anneaux de mariage de mes parents — qu'ils m'avaient légués avec optimisme — et les cinq mille dollars en billets, dont certains avaient vingt ans, représentant toute la fortune de mon père. Rien ne manquait.

Même chose dans la salle de bains, la cuisine et le placard de l'entrée. Je m'assis à mon bureau et entrepris d'inspecter les tiroirs. C'est ainsi que je découvris ce qui avait disparu : les lettres de Hugh à son grand-père, qu'Aaron Gold m'avait confiées.

Je refermai le tiroir du bas. Robert Paris était mort, mais quelqu'un avait dérobé l'unique preuve qui l'impliquait dans le meurtre de son petit-fils. L'appartement me sembla brusquement très silencieux, comme si j'étais en présence de fantômes. J'allai voir ma voisine, autant pour sortir de chez moi que pour lui demander si elle avait vu ou entendu quoi que ce soit.

Je sonnai. Lisa Marsh vint m'ouvrir en peignoir. Ce n'était pas inhabituel, car elle était professeur à l'école de médecine et avait des horaires particuliers. Mais elle avait le visage rouge, les cheveux en bataille et les yeux brillants. Ce n'était pas la tête de quelqu'un qui se réveille.

— Bonjour, dis-je, pour lui donner le temps de me remettre. (Elle sourit.) Je suis désolé de vous tirer du lit, mais on est entré chez moi par effraction cet après-midi.

— Oh, non. Quand ? demanda-t-elle en reculant.

— Je suis parti à 10 heures ce matin et revenu il y a une heure. (Je consultai ma montre. Il était 18 heures.) Je voulais savoir si vous aviez vu ou entendu quelque chose.

— Vous feriez mieux d'entrer.

J'obéis et fermai la porte derrière moi. Tous les rideaux étaient tirés, mais une lampe allumée dans un coin laissait voir les restes d'un repas pour deux sur la table basse.

— Excusez-moi un instant, Henry.

Elle partit dans sa chambre et je l'entendis parler à quelqu'un. Un instant plus tard, elle revenait avec un homme qui remettait sa chemise dans son jeans.

— Vous ne connaissez pas Mark, annonça-t-elle.

— Euh, très heureux.

Mark sourit.

— Salut.

— Je suis vraiment désolé de vous déranger tous les deux.

— Il s'agit d'une urgence, affirma-t-elle. Vous avez appelé la police ?

— Pas encore. J'essaie d'abord de comprendre comment c'est arrivé.

Nous nous assîmes et je leur racontai tout : le verrou fermé, la fouille méticuleuse et le fait qu'on n'avait pris qu'une seule chose. Comme ils ne me demandaient pas laquelle, je ne précisai pas.

— Et je me demandais si vous aviez entendu du bruit ou vu quelqu'un.

Ils se regardèrent.

— Nous avons déjeuné vers midi, dit Lisa, et terminé vers midi et demi. Ensuite, malheureusement, nous n'avons pas fait très attention.

— Attends, dit Mark en plissant pensivement le front. J'ai entendu un téléphone sonner. Ça m'a réveillé et j'ai regardé l'heure, pensant que c'était peut-être l'hôpital — j'y travaille aussi. Il était dans les 15 h 30. Ensuite, je suis allé aux toilettes et j'ai pris un verre d'eau dans la cuisine.

— Vous avez entendu autre chose ?

Il secoua la tête.

Nous nous regardâmes tous les trois. Puis Lisa porta un index à ses lèvres.

— Moi si, indiqua-t-elle. Le bruit des couverts dans un tiroir qu'on ouvre. Mais j'ai cru que c'était Mark.

— Non, j'ai pris mon verre sur l'égouttoir. Je n'ai pas ouvert de tiroir.

— Et tout cela vers 15 h 30 ?

— J'en suis certain, parce que j'ai dû appeler l'hôpital à 16 heures, acquiesça Mark.

Je me levai. Il était 18 h 30. Le voleur était entré chez moi à peine trois heures plus tôt.

— Qu'est-ce qu'il a pris ? demanda Lisa.

— Des lettres.

— C'était important ?

— Le fait qu'on les ait volées leur a redonné de l'importance, dis-je avant de les remercier de leur aide.

Revenu chez moi, j'allai au téléphone. Je n'avais pas remarqué en arrivant que le répondeur avait été éteint. Je le rallumai. Il était réglé sur « effacer ». Je rembobinai la bande et j'entendis le message : mon visiteur avait oublié de rembobiner et n'avait donc effacé qu'une portion de bande vierge. Je passai sur lecture. J'entendis un raclement de gorge, puis la voix d'un Aaron Gold complètement saoul.

— Henry... secrétaire m'a dit que tu avais appelé l'autre jour... faut que je te parle... Important... Concerne Hugh... Le Juge Paris...

Tu t'es planté. Oublie pas... pas de flics. Suis chez moi.

C'était tout. Je passai en avance rapide au cas où il aurait rappelé. Pas d'autre message. Mark avait entendu sonner le téléphone vers 15 h 30. Quelques minutes plus tard, Lisa entendait quelqu'un dans ma cuisine. Aaron avait dû appeler pendant que le voleur était chez moi.

S'il était dans la cuisine, qui se trouvait à quelques mètres de l'appareil, il avait dû entendre le message. D'ailleurs, il avait non seulement tenté de l'effacer, mais il avait éteint le répondeur pour que mon attention ne soit pas immédiatement attirée par la lumière rouge clignotante. Du coup, Aaron n'avait pas pu laisser non plus d'autre message. Brusquement, je fus très inquiet pour lui.

Il y eut trois sonneries avant que son répondeur ne se déclenche. J'attendis la fin du message, sachant qu'Aaron filtrait ses appels, en espérant que c'était le cas cette fois.

— Aaron, c'est Henry, hurlai-je presque. Si tu es là, décroche !

Personne ne répondit. J'appelai son bureau, qui m'informa qu'il n'était pas venu de la journée. Je raccrochai, pris mes clés de voiture et quittai précipitamment mon appartement.

Aaron habitait sur Addison une petite maison de bois séparée de la rue par une cour un peu sinistre que deux immenses chênes plongeaient constamment dans l'ombre.

En façade courait une vaste véranda au toit soutenu par quatre énormes piliers totalement disproportionnés par rapport au reste. Gold et moi surnommions la maison Tara. Le souvenir de cette petite blague dissipa un peu mon malaise tandis que je poussais la grille pour entrer dans la cour.

Le crépuscule tombait et il faisait particulièrement sombre. La BMW marron d'Aaron était garée sur l'allée, un peu de travers. De la lumière filtrait à travers les rideaux tirés, mais la maison était silencieuse. J'entendis un bruit, un mouvement sur le côté de la maison, dans l'étroit passage entre le bâtiment et la clôture.

Je me figeai brusquement, fis volte-face et fonçai le plus discrètement possible dans cette direction. Arrivé presque au coin de la maison, je m'arrêtai et tendis l'oreille. Encore un bruit, plus faible. Un souffle ?

Je retins ma respiration. Quelqu'un était sorti de ce côté en m'entendant ouvrir la grille et en se demandant tout comme moi quelle était l'origine du bruit. Je m'accroupis, avançai jusqu'au coin et bondis brusquement.

L'espace d'un éclair, nous nous vîmes dans la pénombre. Il leva le bras à hauteur de sa poitrine, quelque chose dans la main. Je lui assenai un coup de poing sur le poignet de toutes mes forces. Surpris, il lâcha son revolver, étouffa un cri, fit volte-face et se mit à courir. Je me baissai, ramassai l'arme et me lançai à sa poursuite. Il escaladait la palissade en séquoia quand j'arrivai au fond de la cour.

— Arrêtez ! criai-je en le mettant en joue.

J'appuyai sur la détente, puis relâchai ma pression. Tout semblait s'être obscurci autour de moi sous cette brusque poussée d'adrénaline. Il portait... quoi donc ?... un pantalon et une chemise sombres et avait escaladé le mur comme un sportif. Je compris que dans une seconde, il serait trop tard pour l'arrêter.

Il fallait que j'agisse. Mais tirer sur lui ? Moi, j'allais tirer sur un homme ? Je ne pouvais même pas invoquer la légitime défense. Je gardai néanmoins l'arme et courus vers la palissade. Il était presque arrivé en haut. De ma main libre, je l'empoignai par la cheville. Il se dégagea d'un coup de pied. La seconde d'après, je l'entendais retomber de l'autre côté.

J'escaladai à mon tour en peinant à trouver des prises sur les planches. Arrivé en haut, je jetai un coup d'œil dans l'allée. Il avait disparu, soit en gagnant la rue, soit en passant par le jardin voisin. Je me laissai retomber. Essaie de te rappeler son visage, songeai-je en retournant vers la maison. La porte de derrière était entrouverte.

J'entrai par la cuisine.

— Aaron, dis-je à mi-voix.

Il n'y eut pas de réponse. À tâtons, je trouvai un interrupteur et allumai. Le néon clignota et remplit la pièce d'une aveuglante lumière blanche. Du seuil de la cuisine, j'apercevais l'entrée de la salle à manger et le passage vers le salon. Il y avait de la lumière dans la pièce. J'entrai dans la salle à manger et appelai de nouveau. Pas de réponse.

Je gagnai le passage, revolver à la main. Aaron Gold était affalé sur un fauteuil en cuir marron, poitrine sur les genoux, bras ballants. Un filet de sang coulait sur le sol et formait une flaque brillante à ses pieds. Sur la table à côté du fauteuil étaient posés une bouteille de Johnny Walker Red vide, un verre et une cruche d'eau. La pièce empestait l'alcool.

Il devait probablement être trop saoul pour se rendre compte de ce qui lui était arrivé.

Cela ne me réconforta pas particulièrement.

Je m'approchai de lui quand j'entendis sur la véranda un bruit de pas et des voix. Quelqu'un tambourina à la porte.

— Police, Mr Gold ! Ouvrez. Police !

Comme dans un brouillard, j'allai ouvrir. Un jeune officier attendait sur le seuil, flanqué de trois policiers. J'ouvris la bouche, mais avant que j'aie eu le temps de prononcer un mot, l'un d'eux s'exclama :

— Il est armé !

À peine avait-il achevé sa phrase que quatre revolvers étaient braqués sur moi.

— Lâchez votre arme, articula l'officier. (Je laissai glisser le revolver.) Maintenant, sortez, doucement et calmement.

— D'accord, dis-je en reprenant mes esprits. Mais j'ai un ami blessé, là-dedans.

— Nous nous occuperons de lui dans une minute.

L'un des policiers m'ordonna de me retourner, de poser les mains contre le mur et d'écarter les jambes. La position réservée aux criminels. J'obéis. Un des autres policiers entra et je l'entendis murmurer :

— Nom de Dieu. (Puis il s'écria :) Appelez l'ambulance !

Après m'avoir fouillé, on me passa les menottes et on m'ordonna de rester debout contre le mur.

— C'est une méprise, assurai-je au policier qui me surveillait.

— Mais bien sûr.

J'entendis le hurlement de la sirène de l'ambulance déchirer le silence de la nuit. Je l'avais souvent entendu en me demandant vers quelle tragédie on l'avait appelée. Cette fois, je le savais.

Le premier policier s'approcha de moi, calepin et stylo en main.

— Votre nom ?

— Henry Rios.

Il me toisa. Peut-être par déférence, parce que je portais encore mon costume après les obsèques, il me donna du « monsieur ».

— Je vais vous lire vos droits constitutionnels. Veuillez écouter attentivement.

Il se mit à réciter cette litanie du même ton monocorde que j'avais entendu tant de fois quand j'étais défenseur public. J'avais quinze secondes pour décider de lui parler ou pas.

— Vous comprenez quels sont vos droits ? demanda-t-il.

— Oui.

— Voulez-vous un avocat ?

— Je suis avocat.

La réponse le décontenança et il me scruta attentivement.

— Je vous connais de vue, observa-t-il.

— J'étais défenseur public.

Il laissa échapper un sifflement.

— Bon, alors, vous connaissez la chanson. Vous voulez un avocat ?

— Oui. Sonny Patterson, au bureau du DA. Je veux lui parler.

Il hocha la tête.

— Nous allons vous emmener à la prison du comté. Je vais appeler pour qu'on prévienne Patterson.

— Merci.

— Emmenez-le, dit-il à l'un de ses hommes.

— Quel est le motif d'arrestation ? demanda le policier.

— Un-huit-sept.

Section 187 du Code Pénal. Meurtre.

Dans la rue, l'ambulance venait d'arriver.

9

Il fallut à Sonny Patterson deux heures et sept coups de fil pour me sortir de prison. Pendant ce temps, j'attendis assis sur l'un des trois bancs de la cellule de garde à vue en regardant sans le son des rediffusions de *L'Île fantastique*, tandis qu'il baratinait ses interlocuteurs au téléphone pour me faire libérer.

La dernière fois que j'étais venu à la prison du comté, c'était en tant que défenseur public, le matin où j'avais rencontré Hugh Paris. Rien n'avait changé, y compris la population. Plusieurs prévôts de quartier me reconnurent, vinrent traîner devant la cellule et me fixèrent sans un mot. Je souris, les saluai et ils passèrent leur chemin.

Les gardiens m'avaient laissé mes vêtements personnels, mais on ne m'avait pas épargné le reste des formalités. Tout en me disant que j'étais en train de rêver, je me retrouvai fouillé à corps et photographié, puis on prit mes empreintes et on me boucla. Le pire avait été la fouille. Jusqu'alors, jamais je n'avais songé qu'il y a nu et nu. À présent, je comprenais.

On est nu quand on se déshabille pour prendre une douche, se coucher ou faire l'amour. Mais lorsqu'on se dépouille de ses vêtements sous le regard indifférent des flics, dans une cellule étouffante et minuscule qui empeste les cinquante précédents occupants, là, on est *mis* à nu. J'avais l'impression de l'être encore. C'était comme un eczéma : je ne pouvais m'empêcher de me frotter partout.

Je me forçai à refaire défiler dans ma tête les images de la journée, depuis le cercueil de Robert Paris, jusqu'au bout des doigts d'Aaron Gold trempant dans une mare de sang. Y repenser me secoua de frissons, mais cela valait encore mieux que de tenter d'oublier.

Toute cette affaire avait commencé avec le meurtre d'un seul homme, Hugh Paris. À présent, elle prenait les proportions d'un massacre. Toute personne liée à la famille Paris semblait en danger, y compris peut-être Robert Paris lui-même.

Le décès du juge était-il une pure coïncidence alors que je commençais à accumuler les preuves de son implication dans trois meurtres ? Une éminence grise manipulait-elle les événements dans l'ombre, ou bien la main du défunt Robert Paris commandait-elle encore cette mortelle mécanique ?

Jusqu'à cet après-midi, j'avais cru close

l'enquête sur la mort de Hugh. Mais le meurtre d'Aaron Gold venait de tout changer. Je revenais à la case départ, mais avec une différence : cette fois, j'étais épuisé.

Je m'allongeai sur le banc et fermai les yeux. C'était peut-être à cause de la perpétuelle tension sexuelle qui régnait dans la prison, ou simplement la solitude que j'éprouvais, mais je repensai à la dernière fois où Hugh et moi avions fait l'amour.

Je revis encore ce torse splendide étendu sous moi tandis que je me penchais, et je sentis ce corps qui répondait, résistait et cédait. Son visage me revint avec une telle clarté que je voyais distinctement les infimes poils blonds presque invisibles entre ses sourcils. Je revis aussi ses yeux et dans ces yeux m'apparut, avec plus de regret que d'horreur, le visage d'Aaron Gold baigné de sang.

Je me redressai. Sonny Patterson m'observait depuis le couloir.

— Ça va ?

— Oui, j'ai dû m'endormir.

— Vous avez une sale tête, mon vieux.

— J'ai connu des jours meilleurs. (Je me levai et m'approchai des barreaux.) Alors ?

— Au départ, ça ne présageait rien de bon. Deux coups tirés avec l'arme, vos empreintes partout. Heureusement pour vous, le même voisin qui a appelé les flics a également vu le type entrer dans la cour et certifié que ce n'était pas vous.

— On a vu le type ?

— Enfin, un type. Blond, de votre taille. Bien bâti. Beau gosse. Ça ne pouvait pas être vous.

— Je fais ce que je peux.

Il alluma une cigarette et m'en tendit une. J'hésitai avant de l'accepter. Je n'avais pas fumé depuis mes dix-huit ans.

— Au fait, ce signalement correspond-il à quelqu'un que vous connaissez ? (Je secouai la tête.) Et le type que vous avez vu sur le côté de la maison ?

J'aspirai une bouffée. La fumée passa plutôt facilement.

— Tout s'est passé trop vite. Je n'ai vu que le revolver, en fait.

— À vous entendre, on dirait un témoin à charge. Comment ça se fait que les témoins de la défense aient toujours meilleure mémoire ?

— Ils sont sobres, Sonny.

Je laissai tomber la cigarette et l'écrasai du talon. La deuxième bouffée m'avait donné envie de vomir.

— Eh bien, c'est quelque chose dont on ne m'accusera jamais, assura-t-il en souriant. Hé, Wilson ! cria-t-il à l'un des matons. Relâchez ce monsieur. Il me doit un ou deux verres.

— Et moi une revanche.

— Non, trancha-t-il, brusquement grave. Vous me devez une explication.

— Vous avez appelé Terry Ormes ?

— Oui, elle est à mon bureau. C'est là que nous allons.

Il n'était que 22 heures, mais j'avais l'impression qu'il était minuit. Sonny prépara du café et sortit une bouteille de whiskey irlandais des entrailles de son bureau. Terry bâilla, accepta le café, mais posa la main sur sa tasse quand il fit mine d'y verser du whiskey. Il haussa les épaules et me servit moitié café, moitié alcool. Quant à lui, il se dispensa du café.

— Maintenant que nous sommes tous à l'aise, commença-t-il en s'installant dans son fauteuil et en adoptant son accent traînant du Sud, si on commençait par le commencement ?

À nous deux, Terry et moi lui racontâmes l'histoire du clan Linden-Smith-Paris, depuis la fin des années vingt jusqu'aux obsèques de Robert Paris cet après-midi. Patterson écouta sans rien dire, se contentant seulement de vider régulièrement la bouteille. Il n'en restait plus beaucoup à la fin de l'histoire.

Il nous dévisagea l'un après l'autre et haussa les épaules.

— Alors, s'enquit-il, quel crime a été commis que je puisse prouver ?

Terry le regarda.

— Que diriez-vous de quatre meurtres, un cambriolage et une obstruction de justice ?

— Un crime que je *puisse* prouver, répéta-t-il. Pour les meurtres de Christina et Jeremy Paris, le témoin oculaire est mort, le coroner aussi, et les décès avaient toute l'apparence d'un accident. On peut spéculer autant qu'on veut sur l'unique preuve qui reste — le testament —, mais cela ne suffira pas pour étayer la thèse du meurtre. Et la piste est vieille de vingt ans. Les policiers qui ont rédigé le rapport sont peut-être morts aussi et vous savez tout comme moi que les rapports ne sont pas admissibles. Quant à la mort de Hugh Paris...

Il se tourna vers moi. Je lui avais dit que Hugh et moi étions amants.

— Oubliez autant que possible que vous aimiez ce type. Permettez-moi de le formuler le plus crûment que je pourrai : c'est un junk qui a fait une overdose et s'est noyé. Personne n'a assisté à sa mort, il ne reste aucun indice de meurtre, sauf dans les souvenirs d'Ormes. En conséquence, peut-être que nous pouvons imputer un mobile au juge, après tout un tas de pirouettes, mais à quoi cela sert ? Le juge est mort. Même en admettant qu'il a organisé le meurtre de Hugh, je doute très sérieusement qu'il l'ait noté dans son agenda.

Il nous regarda.

— Aaron, lâchai-je.

— Oui, Aaron Gold. Une fois que j'aurai

convaincu la police que vous n'avez pas commis le meurtre — et c'est bien vrai, n'est-ce pas ?

Je secouai la tête.

— Que pensez-vous qu'ils vont conclure ?

— Cambriolage qui a mal tourné, dit Terry d'un ton las. Tout concorde, ajouta-t-elle, méprisante.

— Inspectrice, dit Patterson, les flics sont comme le procureur en l'occurrence : nous devons jouer avec les faits qu'on nous soumet. Nous ne pouvons pas nous lancer dans des théories fumeuses, parce que nous sommes liés par les preuves que nous rassemblons et les déductions que nous pouvons en tirer. Vous ne pouvez pas me demander d'inculper Robert Paris pour un meurtre commis quatre jours après son décès. Toutes les preuves iront étayer la thèse de la mort d'Aaron Gold comme un cambriolage qui a dérapé.

— Des crimes parfaits, murmura Terry.

— Exactement, confirma Patterson en secouant les dernières gouttes d'alcool de la bouteille. Des crimes parfaits. Pas de témoins, pas de preuves. Des mobiles autant qu'on en veut — à condition de relier les meurtres entre eux, mais nous n'avons rien en dehors de quelques preuves indirectes et une tonne de conjectures.

Il nous regarda de nouveau et soupira.

— Finissons nos verres.

— Finissons nos verres ? C'est la position adoptée par le DA concernant ces meurtres ?

— Bon Dieu, Henry, regardez cette affaire avec les yeux de la défense. Avouez que vous adoreriez plaider pour Robert Paris, avec le peu d'éléments à charge dont je dispose.

— Paris n'a pas physiquement tué Hugh et n'a pas appuyé sur la détente quand on a tué Aaron, indiquai-je. L'assassin est encore en vie.

— Alors amenez-le-moi, dit Patterson, et on discutera.

— Cela concerne la police, déclarai-je.

— Vous savez aussi bien que moi que la police n'a pas le temps de poursuivre cette enquête qui ne l'intéresse pas. Elle a déjà bien assez à faire. Et quant à vous, continua-t-il pour Terry, si vous tenez à votre carrière, je vous conseille ne plus vous consacrer à des affaires closes.

— Comment ça ? demanda-t-elle en fronçant les sourcils.

— Je parle de Hugh Paris. Ça n'a jamais été au beau fixe entre Sam Torres et moi. Il sait que vous donnez un coup de main à Rios et cela ne lui plaît pas. D'ailleurs, il considère comme un affront personnel le fait que sa subordonnée utilise les ressources de la police sur une affaire qu'il a close, et cela au bénéfice d'un civil.

— Bon sang, murmurai-je.

Terry resta pétrifiée et je compris pourquoi. Une femme policière, même douée

— non, surtout douée —, était toujours sur le fil du rasoir. Un simple faux pas pouvait avoir des conséquences désastreuses sur sa carrière. Je ne pouvais pas lui demander de la mettre en danger pour moi.

— Vous êtes tout seul, Henry, conclut Patterson. Suivez mon conseil et laissez tomber. Partez le temps que la situation se calme. Vous n'êtes pas en sécurité.

— Vous pensez donc que tous les meurtres sont liés ?

— Bien sûr que oui. Je vous crois totalement. Les riches sont malfaisants. (Il leva sa tasse vide.) Bon, alors, vous me les payez, ces verres ?

Le lendemain, je me réveillai tard, ayant fait la fermeture d'un bar avec Patterson la veille. Terry s'était excusée de bonne heure. Sonny et moi étions restés à nous saouler, lui se plaignant de son mariage entre deux anecdotes professionnelles. Une soirée entre hommes, sauf qu'Aaron était mort.

Je sortis chercher les journaux. Le *San Francisco Chronicle* ne parlait pas du tout du meurtre, mais le journal local y consacrait sa une. Je la lus pendant que le café passait : un cambrioleur suspecté, un individu non identifié arrêté puis relâché, pas d'autres suspects, quiconque détenait des informations était aimablement prié de contacter la police.

Tout en buvant mon café, je me demandai qui porterait le deuil d'Aaron ? Ses confrères du cabinet d'avocats ? Quelques anciennes petites copines ? Il avait à L.A. de la famille dont il avait dû parler une vingtaine de fois en tout et pour tout depuis que je le connaissais.

Après toutes ces années et tous ceux qu'il avait connus, j'étais probablement encore son plus proche ami. Cela me troubla de penser qu'il avait dû passer sa vie tout seul. L'image de réussite et d'opulence qu'il projetait n'était en fait qu'un jeu d'ombres. Ma peine, elle, était réelle.

Il fallait que je réfléchisse, mais l'effort m'était pénible. Tous les rapprochements faciles entre la mort de Hugh et celle d'Aaron menaient à un défunt, le juge. Seulement, voilà, Aaron avait sur la mort de Hugh des informations dont il voulait me faire part. L'homme entré chez moi s'intéressait aussi à ces informations, non pas pour les connaître, mais pour empêcher qu'elles se répandent.

Puisqu'il avait aussi emporté l'unique preuve qui reliait Robert Paris au décès de son petit-fils, j'en déduisais que les informations d'Aaron impliquaient encore plus le juge. Mais le juge était mort. Qui pouvait se soucier de préserver sa réputation ?

C'est alors que je compris. Personne ne se

souciait du juge dans cette histoire. L'effraction et le meurtre d'Aaron avaient été commis par quelqu'un qui aurait eu quelque chose à perdre s'il s'était su que le juge avait commandité l'assassinat de son petit-fils. Et qui était cette personne ? Le meurtrier de Hugh : le ou les hommes engagés par le juge pour exécuter la besogne.

L'assassin de Hugh était encore en liberté et j'étais convaincu que c'était bien davantage qu'un tueur engagé pour l'occasion : quelqu'un aux services duquel le juge avait souvent eu recours. Qui avait connaissance du personnel employé par Paris ? Seul quelqu'un de la même sphère, qui avait affaire à ce personnel. John Smith.

Et qui était John Smith ?

Je ne m'étais pas tellement renseigné sur lui en dehors des faits que j'avais relevés dans d'anciens numéros du *Chronicle* ou dans mes conversations avec Grant. Célibataire de quatre-vingt-un ans, banquier de profession et plus ou moins philanthrope. Il habitait quatre mois par an à Genève, en raison de ses rapports avec différentes banques qui y avaient leurs sièges. C'était aussi le président de la Fondation Linden et, contrôlant les fonds qu'elle distribuait, il était plus responsable que quiconque des progrès de la recherche nucléaire. Il donnait de l'argent à des œuvres de bienfaisance catholiques, une rose avait été baptisée de son nom en son honneur et il n'avait jamais suivi d'études universitaires.

À presque tous les égards, sa vie était à l'opposé de celle de son beau-frère, Robert Paris. Pourtant, Smith, qui vivait dans un anonymat relatif, était par sa naissance quelqu'un que Robert Paris n'était jamais devenu : un membre de l'aristocratie américaine.

D'ailleurs, les deux hommes ne s'aimaient apparemment pas. Jamais ils ne s'étaient fâchés en public. Détenteurs de la fortune des Linden, leurs intérêts économiques convergeaient et étaient trop importants pour que leurs sentiments personnels constituent un obstacle à leur enrichissement. Cependant, Grant en parlait comme si l'inimitié entre les deux vieux magnats était connue de tout le monde.

Tout cela faisait de Smith un allié potentiel. Un membre de l'entourage de Robert Paris avait tué Hugh et Aaron. Je ne pouvais convaincre la police de poursuivre l'enquête, mais Smith, avec son argent et son influence, avait ce pouvoir. Il restait donc à faire appel à lui.

J'avais besoin de pénétrer dans son univers. Une fois de plus, il faudrait que je compte sur Grant Hancock, dont la famille, bien que peut-être plus pauvre, était aussi distinguée que celle de Smith.

Je décidai d'appeler Grant.

Il était à son bureau. Je tombai sur sa secrétaire, qui me fit comprendre que je ne pouvais lui parler directement que si j'étais un client payant. Après une interminable négociation, elle accepta enfin de voir si Mr Hancock accepterait de me parler. Il prit la communication un instant plus tard.

— Henry. J'allais t'appeler. Je viens d'apprendre une très troublante rumeur concernant Aaron de la bouche d'un de nos anciens condisciples qui travaillait avec lui sur une affaire.

— Ce n'est pas une rumeur, Grant. Aaron a été assassiné.

— Mon Dieu.

— On m'a accusé de l'avoir tué et j'ai passé la moitié de la nuit en prison.

— Quoi ?

— Le jour où il a été assassiné, quelqu'un s'est introduit chez moi et a volé les lettres que Hugh avait écrites à son grand-père. Aaron a appelé chez moi pendant que le voleur y était. Il a laissé un message concernant des informations sur la mort de Hugh. La personne qui était chez moi — et je pense que c'était l'assassin de Hugh — a entendu et tenté d'effacer le message. Puis elle est allée chez Aaron. Et quand j'y suis arrivé, il était mort.

— Attends... Le meurtrier de Hugh a tué Aaron ? C'est le juge qui a tué Hugh.

— Non, il l'a *fait* tuer. C'est toute la différence, Grant. L'homme qui a exécuté la besogne court encore et il est probablement paniqué depuis la mort de son employeur.

— Mais ne m'as-tu pas dit que c'était toi qu'on avait arrêté pour le meurtre d'Aaron ?

— Si.

— Comment se fait-il ?

— J'avais l'arme à la main.

J'entendis un grognement à l'autre bout du fil et je lui expliquai comment il se faisait que j'étais chez Aaron au moment où la police était arrivée. Je précisai que l'affaire était considérée comme un cambriolage et que le district attorney jugeait improbable toute autre interprétation.

— Mais ce n'est pas ton avis.

— Non.

— C'est ce que je craignais. J'en déduis que ce n'est pas simplement un coup de fil amical.

— Grant, j'ai respecté ton désir de ne pas t'en mêler, jusqu'à maintenant.

— Le moment serait-il venu pour moi de régler mes dettes ? ironisa-t-il.

— La police s'apprête à classer le meurtre d'Aaron tout comme elle a négligé celui de Hugh, continuai-je sans relever. Je veux entrer en contact avec John Smith.

— C'est une obsession. Smith est un citoyen ordinaire — plus riche, c'est tout.

— L'argent permet bien des choses, et si John Smith parvient à intimider quelqu'un comme toi, imagine ce qu'il en est du chef de la police. Ou du maire.

Il y eut un silence pensif à l'autre bout du fil.

— Pour commencer, il faut que tu attires son attention.

— Je veux simplement mettre un pied dans la place.

— Je vais te mettre en attente.

La ligne coupa. Cinq minutes plus tard, il me reprenait.

— Excuse-moi, je devais passer un appel. Tu vas téléphoner à ce numéro et demander Peter Barron. C'est l'un des assistants de Smith chez Pegasus.

— Où ça ?

— Chez Pegasus. Le vaisseau amiral des affaires de Smith. Une holding.

Il me donna le numéro, je le remerciai et raccrochai.

Une entreprise qui possède des entreprises. C'est ainsi que Terry Ormes avait qualifié la société propriétaire de la maison qu'avait louée et habitée Hugh avant de mourir. Pegasus Corporation.

J'appelai le numéro que m'avait donné Grant.

— Secrétariat de Mr Barron, bonjour, dit une femme.

— Mr Barron est là ?

— Oui. Puis-je savoir qui le demande ?

— Henry Rios.

— Voudriez-vous me dire la raison de votre appel ?

— Hugh Paris.

— Un moment, dit-elle en me mettant en attente.

— Bonjour, Mr Rios, dit une voix d'homme qu'il me sembla reconnaître, l'espace d'un instant.

— Mr Barron ? Je suis un ami de Grant Hancock, c'est lui qui m'a donné votre numéro.

— Comment va Grant ?

— Très bien. Écoutez, je pense avoir quelques informations concernant la mort de Hugh Paris qui pourraient intéresser votre employeur, Mr Smith.

— De quel ordre ?

— Hugh a été assassiné à la demande de son grand-père, Robert Paris, et celui qui a exécuté la besogne est encore en liberté.

Il y eut une longue pause sceptique, puis :

— Je vois. Avez-vous communiqué ces informations à la police ?

— L'opinion de la police est que la mort de Hugh est accidentelle.

— Oh, voilà donc l'opinion de la police ? ironisa-t-il.

Cette fois encore, la voix me parut familière.

— Eh bien, Mr Rios, je doute que

Mr Smith soit en mesure d'y changer quoi que ce soit. La mort de Hugh l'a profondément affecté et je crois qu'à son âge, il conviendrait de lui épargner des spéculations qui ne peuvent que rendre la mort de Hugh plus difficile à accepter.

— Ce ne sont pas des spéculations. J'ai la preuve.

— Mr Rios, laissez ce vieil homme en paix. Il n'a pas besoin d'entendre que des membres de sa famille se sont entretués. Allez raconter ça à la police, ou mieux encore, taisez-vous.

— Qui a fait le nécessaire pour louer à Hugh une maison appartenant à Pegasus ? demandai-je, changeant de tactique.

— Qu'est-ce que vous me racontez ?

— Hugh louait sa maison à Pegasus. Qui était son contact chez vous ?

— Pegasus n'a pas d'intérêts dans l'immobilier.

— J'ai vu le bail.

Il y eut un silence.

— Impossible. Écoutez, Henry, je dois vous laisser.

— Ne nous sommes-nous pas déjà rencontrés ?

— Je ne crois pas, répondit-il d'un ton que je trouvai un peu nerveux.

— Je reconnais votre voix.

— Eh bien, peut-être que Grant nous aura présentés un jour. Au revoir, Henry.

Et il raccrocha.

Un instant plus tard, je rappelais Grant pour lui demander à quoi ressemblait Peter Barron.

— Je ne l'ai vu que quelques fois. Il a environ notre âge. Blond. Beau gosse. Gay.

Blond, beau gosse. C'est ainsi que la voisine d'Aaron avait décrit l'homme aperçu dans la cour le soir du meurtre. Était-ce celui que j'avais vu ? Je fermai les yeux, mais je fus incapable de me rappeler le visage. Pourtant, les cheveux... ils étaient blonds, n'est-ce pas ? Et j'étais sûr de l'avoir déjà vu quelque part.

— Gay ? demandai-je à Grant.

Le fait me semblait important.

— Je l'ai croisé à *Sutter's Mill*, dit-il, mentionnant un bar fréquenté par les professions libérales. Il t'en a parlé ?

— Non, pas du tout. Penses-tu que j'aurais pu le rencontrer par ton intermédiaire ?

— Quand je t'ai retrouvé il y a deux semaines, cela faisait quatre ans que je ne t'avais pas vu. Je ne risquais pas de te présenter à mes amis, encore moins à de vagues fréquentations. Tu crois connaître Peter Barron ?

— J'en suis sûr, mais je n'arrive pas à me rappeler d'où. Lui aussi sait que nous nous sommes déjà vus. Il m'a juré le contraire et m'a menti concernant les relations de Hugh et Pegasus. Je crois que je ferais bien d'aller en ville. Où est Pegasus ?

Grant me donna une adresse sur Montgomery Street.

— Je te rappelle, conclus-je avant de raccrocher.

Pegasus Corporation était situé aux trente-huitième, trente-neuvième et quarantième étages de l'immeuble d'une banque japonaise, près de l'autoroute d'Embarcadero. J'appelai de la rue le bureau de Barron pour m'assurer qu'il était là avant d'entrer. Il était presque midi et j'expliquai au vigile que je retrouvais Peter Barron pour un déjeuner d'affaires, mais que j'avais égaré le numéro de son bureau. Il passa un coup de fil.

— Il est au trente-neuvième, monsieur, précisa le garde. Prenez les ascenseurs à droite.

Arrivé là-haut, je jouai une variation du même tour à la réceptionniste, une jeune Chinoise austère assise à un bureau sous un grand bas-relief en bronze représentant Pégase en vol.

— Bonjour, savez-vous si Mr Barron est déjà sorti déjeuner ?

Elle jeta un coup d'œil à un papier.

— Non, dit-elle en tendant la main vers le téléphone. Vous avez rendez-vous ?

— Attendez, lançai-je en lui retenant le bras. Peter et moi partagions la même chambre à l'université il y a dix ans et je ne l'ai pas revu depuis. Je suis en ville pour le week-end et je veux lui faire une surprise, vous comprenez ?

Elle hocha la tête.

— Vous savez à quelle heure il sort déjeuner ?

— D'un instant à l'autre. Vous pouvez l'attendre ici.

— OK, mais... Eh bien, la dernière fois, il avait les cheveux jusqu'aux épaules et il était maigre comme un clou. Je ne suis pas sûr de pouvoir le reconnaître.

Elle hocha gravement la tête comme si j'étais un examinateur qui pose une question piège. Ou bien c'était mon grand âge qui l'intimidait. Ses années d'université à elle ne devaient pas remonter à plus de quelques mois.

— Vous pourriez me le décrire ? demandai-je.

Elle fixa pensivement le mur derrière moi.

— Il fait environ un mètre quatre-vingt-trois, hésita-t-elle. Cheveux blonds, yeux bleus. Carrure sportive.

Elle gloussa.

— Très bel homme.

Sa description n'ajoutait rien à celle que venait de me faire Grant et correspondait à facilement dix mille hommes rien que dans le quartier des affaires.

— Merci, dis-je. Je vais attendre en me cachant derrière un magazine. Ne vous occupez pas de moi, d'accord ?

— D'accord, acquiesça-t-elle avant de répondre au téléphone.

Je regardai ma montre. Il était midi cinq. Six minutes plus tard, derrière un troupeau de secrétaires, un homme blond arriva dans le hall par une porte voisine de la réception. Je le reconnus aussitôt. Il informa la réceptionniste qu'il ne reviendrait pas au bureau de la journée.

— Merci, Mr Barron, répondit-elle bien distinctement.

Il s'engagea dans le couloir. Je posai mon magazine et le rattrapai.

— Bonjour Peter.

Il me jeta un coup d'œil et s'arrêta.

— Henry. J'allais justement vous rendre visite.

Il parlait du même ton raisonnable avec lequel il s'était adressé à moi trois semaines plus tôt, la nuit où ses amis et lui m'avaient enlevé et injecté du penthotal quand je sortais de chez Grant Hancock. C'est Peter qui m'avait fait la piqûre et demandé des renseignements pour le compte de son employeur, que je pensais alors être Robert Paris.

— Vous travaillez pour Smith, affirmai-je.

— Ça vous surprend ?

— Ça me semble illogique, surtout que vous avez également tué Aaron Gold.

— Tué qui ?

— Vous avez tué Hugh Paris et Aaron Gold.

— Henry, dit-il avec un petit sourire blessé. Je n'ai jamais tué personne et en ce qui concerne notre dernière entrevue, vous pourriez au moins me laisser la possibilité de m'expliquer.

— On ne se débarrasse pas de deux meurtres avec une simple explication.

Il eut un soupir agacé.

— Bon sang, Henry, je ne vois pas du tout de quoi vous parlez. Très bien, Hugh a été assassiné, mais pas par moi. Quant à cet autre type, je n'en ai jamais entendu parler.

Ma curiosité prit le dessus.

— Alors, qui a tué Hugh ?

Il secoua la tête.

— Nous... Mr Smith et moi... essayons de le découvrir. Je ne sais pas. C'est pourquoi j'ai dû vous — comment disiez-vous ? — enlever, l'autre nuit.

Je le regardai. Nous étions dans un couloir extrêmement fréquenté. Il semblait calme et rationnel pour quelqu'un qu'on vient d'accuser de deux meurtres. Moi, en revanche, je commençais à avoir l'air d'un hystérique, même à mes propres oreilles. Et il travaillait pour Smith. Smith, qui, dans ma vision des choses, était un gentil.

Sentant peut-être mon hésitation, il reprit :

— J'ai beaucoup de choses à vous apprendre sur le meurtre de Hugh, Henry, et vous avez plus que tout autre le droit de le savoir. Vous étiez son amant.

— Comment le savez-vous ?

— Nous sommes du même monde. Vous êtes au courant pour moi, je le suis pour vous.

Il posa une main sur mon épaule.

— Je suis gay aussi, Henry. Je peux comprendre.

Je ne voulais pas le croire, mais personne, pas même Grant, ne m'avait reconnu le droit à ce chagrin. Le poids de la mort de Hugh et l'impuissance où j'étais à découvrir qui l'avait tué m'accablèrent brusquement. J'écrasai une larme. Barron se détourna, plein de tact.

— Très bien. Allons discuter quelque part. (Nous prîmes l'ascenseur.) Quel travail faites-vous exactement pour Smith ? demandai-je.

Il passa la main dans sa veste et en sortit un revolver.

— Des missions spéciales. Maintenant, nous allons descendre au parking souterrain. Vous sortirez le premier, je vous suivrai. Tenez-vous tranquille, Henry, et peut-être que je vous laisserai en vie.

Je le regardai fixement, sentant son haleine sur mon visage. Il sourit et passa derrière moi pour s'adosser à la paroi de l'ascenseur.

— Vous êtes cinglé. Vous avez tué Hugh et Aaron Gold.

— Intéressant, comme idée. Mais pourquoi aurais-je fait ça ? Pour le compte de qui ?

— Si ça se trouve, de personne. Vous êtes peut-être juste un psychopathe free-lance.

— Évitons les insultes, me conseilla-t-il en me fourrant le canon de son revolver dans les reins.

Au même moment, l'ascenseur s'arrêta. Une douzaine de personnes s'y engouffrèrent. Il appuya l'arme dans mon dos.

Je serrai les poings.

— Il est armé ! criai-je en me dégageant brusquement.

Une femme hurla.

— Attrapez-le ! hurla quelqu'un.

L'ascenseur s'arrêta de nouveau. Les portes s'ouvrirent. Barron bouscula ceux qui tentaient de l'arrêter, se dégagea et s'enfuit dans le couloir. Personne ne se lança à sa poursuite, sans doute parce qu'il était armé. Les portes se refermèrent.

— Qui c'était ? me demanda un homme.

— Un fou avec un revolver.

Trois heures plus tard, j'étais assis par terre chez Grant Hancock avec un verre de vin, pendant qu'il allait payer le livreur qui venait d'apporter nos repas chinois. Il sortit les petits cartons blancs du sac en kraft et les posa sur un plateau entre nous. Nous les ouvrîmes et commençâmes à manger avec nos baguettes.

Je venais de lui raconter qu'après avoir pris

les noms des autres occupants de l'ascenseur, j'étais allé à la police.

— Qu'est-ce qu'ils ont fait ?

— Ce que font toujours les flics. Pris la plainte et promis de s'en occuper. Le temps que la plainte arrive au bon bureau, Peter Barron sera déjà en Terre de Feu.

Grant se saisit d'une crevette.

— Je ne comprends pas pourquoi il t'a menacé de son arme. Il travaille pour Smith et Smith est censé être de notre côté.

— Il travaille pour Smith ? Enfin, selon les apparences, mais en fait, je crois qu'il travaillait pour Robert Paris.

— Ça me paraît compliqué.

— Mais ce serait logique. Voilà ce que je crois : Hugh a contacté Smith pour lui dire qu'il était revenu à San Francisco. Peut-être qu'il l'a convaincu de l'aider à dénoncer Robert Paris comme meurtrier de Christina et Nicholas Smith. Smith lui a loué la maison et probablement donné de l'argent. Peter Barron travaille pour la sécurité chez Pegasus. Je crois que Smith a dû lui confier la surveillance de Hugh pour s'assurer qu'il ne lui arrive rien. D'ailleurs, c'est Smith qui avait payé la caution de Hugh en juillet.

— Tu es sûr ?

— Oui, j'ai appelé la prison pour vérifier.

Je vidai mon verre et me resservis.

— Sur le moment, j'ai cru que John Smith était un nom d'emprunt pour rester discret.

— Oui, c'est vrai que c'est difficile de croire qu'il existe des gens qui s'appellent vraiment John Smith.

Je raclai le fond de mon carton de riz.

— Quoi qu'il en soit, continuai-je, Barron était censé protéger Hugh, mais il l'a livré à Robert Paris.

— Comment Barron aurait-il pu savoir qu'ils avaient des comptes à régler ?

— Je suis sûr que Hugh lui en aura parlé. C'était un sujet qu'il abordait facilement.

Grant hocha la tête.

— Alors Barron est allé voir Robert Paris pour lui apprendre le retour de Hugh et où il habitait. Paris l'a payé pour tuer Hugh. Et voilà.

— Et Smith ? Tu ne crois pas que les circonstances de la mort de Hugh ont dû éveiller ses soupçons ?

— Bien évidemment. Il a probablement dû charger Barron d'enquêter. Tu peux imaginer quelles auront été ses conclusions.

Grant posa sa boîte.

— Et Aaron ? Pourquoi l'avoir tué ?

— Aaron travaillait pour le cabinet qui gérait les affaires de Paris. Il avait dû apprendre quelque chose de fâcheux qui impliquait Barron dans le meurtre de Hugh.

— Du genre ?

— Le versement d'un salaire, peut-être.

Un rapport. Je ne sais pas. Aaron n'a pas eu le temps de me le dire.

— Jusqu'à quel point penses-tu que Smith est au courant ? demanda Grant en se servant le reste de vin.

— D'après ce que je sais de lui en lisant les journaux, l'information lui parvient après avoir été filtrée par une trentaine d'intermédiaires. Tout est désinfecté avant d'arriver à son bureau. Il ne sait probablement presque rien de ce qui s'est passé.

— Et tu vas le lui dire.

— Oui.

Je pris un morceau de poulet.

— C'est curieux que Hugh ne m'ait jamais parlé de Smith.

— D'après ce que tu m'as raconté, il n'a pas eu l'air de te dire grand-chose de sa famille.

— C'est vrai.

— Il voulait te protéger. Sachant combien la situation pouvait être dangereuse pour toi, il ne voulait pas te mouiller. Il t'aimait, ajouta-t-il après un silence.

— Au lieu de me protéger, il m'a laissé dans l'ignorance. Et rendu vulnérable.

— Faisons-nous toujours ce qu'il faut pour ceux que nous aimons ? soupira Grant.

Oui, en effet, songeai-je en le regardant.

Le lendemain, je retournai chez Pegasus pour voir Smith, mais je ne pus franchir le rempart de sa secrétaire. Contrairement à la naïve réceptionniste, elle n'était pas du genre à laisser rôder des inconnus dans son bureau. Elle menaça de me faire expulser. J'obéis et retournai dans le couloir réfléchir à ma stratégie. Il ne semblait y en avoir aucune.

Deux hommes d'âge mûr en costumes sombres sortirent du bureau de Smith et passèrent, bajoues tremblotantes, l'air pénétré de leur importance. Je les vis gagner au bout du couloir une porte que j'avais prise pour celle d'un monte-charge.

L'un des deux sortit une clé de sa poche et l'inséra dans une serrure du mur. La porte s'ouvrit et révéla un petit ascenseur privé.

Celui réservé aux cadres supérieurs. Évidemment.

Il était inconcevable que Smith et son entourage perdent un temps précieux à attendre l'ascenseur ordinaire et soient obligés de supporter les bavardages des petits employés. Smith serait bien forcé de partir tôt ou tard et si je ne pouvais l'attendre devant son bureau, j'attendrais ici.

Ce que je fis donc. De 10 heures du matin jusqu'à presque 18 heures, éloignant de temps en temps un vigile en sortant ma carte de visite et prétendant que j'avais rendez-vous avec un ami des services juridiques de Pegasus. J'avais pensé que Smith descendrait déjeuner, mais je vis un chariot roulant chargé de plats sortir de l'ascenseur privé, poussé par un serveur en livrée rouge. Et une heure plus tard, le serveur était revenu prendre le même ascenseur avec le chariot vide. Au moment où les portes se refermaient, je le vis vider le reste d'un verre de vin.

Vers 16 heures, quelques employés chanceux commencèrent à partir, seuls ou par groupes de deux ou trois. À 17 heures, le couloir était bondé. Trois quarts d'heure plus tard, alors que tout le monde avait apparemment terminé sa journée, les portes se rouvrirent et deux gardes du corps massifs surgirent, encadrant un troisième homme. Grand, mince et très âgé. Il flottait dans son costume bleu marine à fines rayures un peu usé, mais il le portait comme un manteau d'hermine. Le trio passa devant moi pour gagner l'ascenseur. Je me précipitai derrière eux.

— Mr Smith ?

Le distingué vieillard se retourna lentement et me dévisagea sans grand intérêt.

— Je m'appelle Henry Rios. Je dois vous parler de Hugh Paris.

En entendant mon nom, le vieux monsieur haussa imperceptiblement les sourcils, surpris, ou me reconnaissant peut-être. Mais il ne prononça pas un mot. Les deux gardes du corps s'interposèrent.

— Pas un pas de plus, ordonna l'un d'eux en entrouvrant sa veste, laissant voir un holster.

Apparemment, les employés de John Smith recevaient une arme en même temps qu'un compte ouvert chez Brooks Brothers. Je reculai.

— Je ne vous demande que dix minutes, dis-je à Smith.

L'ascenseur s'ouvrit et il monta dedans, suivi des gardes du corps. Je me précipitai pour retenir les portes.

— Dix minutes ! criai-je.

Le garde du corps qui m'avait parlé leva la jambe et me donna un violent coup de pied en pleine poitrine qui me fit tomber à la renverse.

Je me relevai.

John Smith me regardait fixement. Il ouvrit la bouche au moment même où les portes se refermaient.

10

Le vin était froid et aigre. Un serveur en veste blanche traversait la pénombre du restaurant comme un fantôme. Dehors, une irréelle vague de chaleur torride avait vidé les rues, mais à l'intérieur, il faisait frais et sombre et on n'entendait rien d'autre que le murmure des conversations et le tintement de l'argenterie sur la porcelaine ou des glaçons dans les verres. Il était 14 heures. Aaron Gold venait d'être enterré le matin, à Los Angeles.

— Aurions-nous dû envoyer des fleurs ? demanda Grant.

— Je n'ai jamais compris cet usage, répondis-je. Les fleurs sont-elles un symbole de la résurrection ou une simple manière de détourner l'attention du cadavre ?

Mais Grant n'écoutait pas. Son regard était tombé sur la une du *Chronicle* étalé sur la table. Le testament de Robert Paris avait été rendu public. Tous ses biens, soit cinq cents millions de dollars, revenaient à la Fondation Linden, dont John Smith était le président. Smith allait-il désormais se soucier que Robert Paris ait été un assassin, ou un demi-milliard de dollars constituaient-ils une réparation suffisante ?

Comme s'il lisait mes pensées, Grant leva vers moi un regard triste.

— Il n'y a pas de justice, dans cette histoire. Tu dois faire quelque chose.

— J'ai tout essayé. Tout ce qui m'est passé par la tête.

Un serveur déposa des assiettes de pâtes fumantes devant nous. Le parfum du basilic me rappela l'été. Je pris ma fourchette.

— Tu n'as pas essayé de faire ce pour quoi tu es formé.

Je levai un sourcil interrogateur.

— J'ai réfléchi à la question. Tu dois d'abord te demander ce que tu veux exactement. Tu ne cherches pas l'identité du tueur, tu la connais. Ce que tu veux, c'est le livrer à la justice. Et je ne te parle pas de Barron, qui n'était qu'un instrument, mais de Robert Paris. Tu veux que sa culpabilité soit rendue publique.

Je hochai la tête.

— Qui serait mieux en mesure d'agir ainsi qu'un avocat devant un tribunal ?

— Malheureusement, le Juge Paris ne dépend plus des compétences d'aucun tribunal.

— Erreur. Tu n'envisages que l'aspect pénal.

— À quoi penses-tu ? demandai-je en posant ma fourchette.

— Eh bien, plaider n'est pas ma spécialité, mais je me suis dit que tu devrais le poursuivre.

Il prit sa fourchette et harponna une palourde. Je le regardai la mâcher et l'avaler. Mes méninges bourdonnaient. Pourquoi n'y avais-je donc pas songé plus tôt ?

— Mais bien sûr, dis-je. Préjudice mortel. Je peux attaquer la succession de Robert Paris pour préjudice mortel envers Hugh Paris.

— Et Aaron.

— Non, le juge était déjà décédé quand c'est arrivé. Nous ne pourrons jamais le prouver.

Grant beurra un morceau de pain.

— Tu penses que nous le pourrions concernant le décès de Hugh ?

— Je ne sais pas, mais rien qu'essayer devrait causer de sacrés dégâts à la réputation de Robert Paris.

Je continuai de réfléchir, puis reprit :

— D'ailleurs, nous pouvons en faire autant à John Smith, pendant que nous y sommes, ou au moins attirer son attention.

— Comment ?

— Eh bien, si un procès contre la succession de Paris est en instance et implique des dommages et intérêts, il devrait y avoir assez d'argent de côté dans cette succession pour les payer en cas de succès.

Grant se tamponna les lèvres de sa serviette et sourit.

— Tu penses que nous pourrions obtenir une injonction du tribunal empêchant les exécuteurs testamentaires du juge de toucher à la succession ?

— Exactement. La Fondation Linden ne touchera pas un sou en attendant la fin du procès. Quant à l'exécuteur, qui se trouve être le cabinet d'Aaron, nous les inonderons de demandes de pièces pour les obliger à communiquer tout document concernant Hugh, Peter Barron ou Robert Paris. Nous ferons citer à comparaître tout le monde, depuis les directeurs jusqu'à la réceptionniste.

— Le genre de dépositions qui feront la une du *Chronicle*.

— Pendant des mois, sinon des années.

En souriant, je tendis le bras et lui tapotai le crâne.

— Bien vu, pour quelqu'un qui n'est pas plaideur. C'est parfait, Grant.

— Enfin, pas tant que ça, répondit-il avec un sourire embarrassé. D'après ce que je sais, les seules personnes autorisées à faire un tel procès seraient les exécuteurs de Hugh ou ses héritiers.

Je mis un moment à comprendre.

— Katherine Paris.

— J'en ai bien peur, répondit-il.

Katherine Paris alluma une cigarette et me lorgna d'un air soupçonneux. Nous étions dans mon bureau. C'était la première fois que je l'utilisais professionnellement depuis que je l'avais loué. Les étagères et le classeur étaient couverts de poussière. Ils étaient vides. Je n'avais sur mon bureau que trois volumes tout neufs du code — procédure civile, successions et tutelles, témoignages —, un bloc jaune, mon stylo et le gobelet en plastique dont Mrs Paris se servait comme cendrier.

— Répétez-moi comment ça fonctionne, dit-elle. En clair, de préférence. Je ne comprends rien quand vous commencez à me citer du droit.

Je lui fis mon sourire le plus charmeur. Son visage dur et intelligent resta de marbre. Je l'avais pratiquement arrachée d'un avion pour Boston afin de discuter. Ses bagages étaient partis sans elle. Elle devait prendre un autre vol dans la soirée. Le temps nous était compté.

— Le terme est « procès pour préjudice mortel ». C'est une action en justice initiée par les héritiers ou la succession d'un individu décédé, par suite de la négligence ou de la malveillance d'un tiers. L'exemple le plus courant serait un procès intenté par la famille d'une personne décédée dans un accident de voiture ou sur son lieu de travail.

— Je n'oserais pas considérer un meurtre

comme un exemple de négligence, fit-elle remarquer d'un ton agacé.

— Non, mais c'est un acte de malveillance.

— Oh, à tout le moins, ricana-t-elle.

— Mrs Paris, je vous en prie. Je donne l'impression de couper les cheveux en quatre, mais des précédents dans la loi autorisent les héritiers de la victime d'un meurtre à intenter un procès à son assassin.

— Vous me demandez donc mon consentement pour poursuivre en justice la succession de Robert.

— Exactement.

— Et vous avez l'intention de demander deux cent cinquante millions de dollars de dommages et intérêts ?

— Oui.

Elle écrasa sa cigarette.

— Ce que vous voulez, c'est que je vous autorise à faire tout un cirque.

Je voulus répondre, mais elle me coupa.

— Mr Rios, vous êtes un homme fort habile, et je ne doute pas que vous soyez dévoué à Hugh, mais cette idée est totalement absurde.

— Pas du tout, c'est entièrement plausible.

Elle ne se laissa pas impressionner.

— Mrs Paris, vous avez de bonnes chances de gagner ce procès, qu'il passe en jugement ou pas.

— Qu'est-ce que vous me racontez ?

— Je sais que Robert Paris ne vous a rien

laissé par testament. Il y a assez de vérité dans le fond de ce procès pour qu'il ait une grande capacité de nuisance, même si nous ne pouvons prouver que le juge a fait tuer Hugh.

— Je vous demande pardon ?

— Il faut cinq ans pour porter un procès civil relativement simple devant un tribunal. Une affaire de cette importance pourrait très facilement traîner sur dix ans. À un moment ou à un autre, les exécuteurs du juge prendront simplement la décision de vous payer pour conclure un accord.

— Mais quel est votre intérêt, Mr Rios ? Vous avez certainement d'autres raisons, en dehors de mon enrichissement personnel, pour vouloir poursuivre la succession de Robert.

— J'ai l'intention de faire suivre cette affaire par le *Chronicle* de façon à ce que le simple fait de conclure un accord sera un aveu de la culpabilité de Robert Paris. Ça suffira à me satisfaire, Mrs Paris, dis-je, de plus en plus ému, même si je dois y passer les dix prochaines années de ma vie.

Visiblement décontenancée par ma véhémence, elle se radossa.

— Hugh ne reviendra pas à la vie, énonça-t-elle doucement.

— Mrs Paris, doutez-vous un seul instant que Hugh ait été assassiné ?

— Non, répondit-elle sans hésitation.

— Et doutez-vous que Robert Paris soit son assassin ?

— Non, dit-elle en baissant la voix.

— Seulement, la police déclare que Hugh s'est donné la mort en s'injectant une trop forte dose d'héroïne et en se noyant dans un mètre d'eau. Vous avez vu le corps.

Elle blêmit et acquiesça. Elle avait laissé brûler sa cigarette entre ses doigts.

— Comment pouvez-vous laisser salir la mémoire de votre fils avec une pareille explication pour sa mort ? C'est comme si vous aviez abandonné son corps aux vautours. Ne mérite-t-il pas des funérailles décentes et un repos paisible ?

— Épargnez-moi ça, chuchota-t-elle.

— Je ne peux pas. Je l'aimais.

Elle alluma une autre cigarette, absorbée par le crépuscule qui tombait sur le ciel. À un moment, elle leva un index mince vers le camée d'ivoire qu'elle portait au col de son chemisier. Peut-être était-ce un cadeau de son mari, peut-être même de Hugh. Elle finit par se retourner vers moi et me scruta longuement. Loin d'éviter son regard, je plongeai le mien dans le sien.

— Vous l'aimiez, répéta-t-elle finalement. Je vous ai déjà dit que je ne comprenais pas cet amour-là.

— Cet amour-là diffère seulement dans son expression, mais pas dans sa qualité, de celui que vous éprouviez pour lui.

— Non. Même la qualité est différente. Le vôtre... est bien supérieur.

— Puis-je entreprendre ce procès ?

— D'accord.

Les deux syllabes tombèrent comme deux galets polis qui résonnèrent sur le bureau.

— Merci, Mrs Paris.

— Mais j'ai bien l'intention d'attraper ce vol pour Boston ce soir. Vous serez seul.

— J'en suis conscient.

— Oui, j'imagine, en effet. Vous me faites l'impression de quelqu'un né pour être seul. Moi aussi.

Ces derniers mots étaient empreints de tristesse et de résignation. Elle se reprit :

— Je suppose que vous voulez que je signe quelque chose.

— Non. Soit vous tiendrez votre parole, soit vous ne la tiendrez pas. Sinon, ce n'est pas un morceau de papier qui vous y contraindra.

— Vous n'avez pas à vous inquiéter de ma parole. Je ne la donne jamais si je n'ai pas l'intention de l'honorer.

J'inclinai légèrement la tête.

— Cependant, je désire ajouter une condition en vous engageant. Vous pouvez prendre trente pour cent de ce que nous gagnerons, si nous gagnons. En attendant... (elle sortit de son sac un porte-chéquier en cuir) vous aurez besoin d'argent.

Je la vis rédiger un chèque de dix mille dollars qu'elle posa sur le bureau.

— J'attends un détail de vos frais, bien entendu. Si vous avez besoin de davantage, faites-le-moi savoir à l'adresse figurant dessus. Mais n'oubliez pas, Mr Rios, je suis peut-être une femme aisée, mais je compte sur vous pour faire de moi une femme véritablement riche. En conséquence, ne dépensez qu'à bon escient.

— Certainement.

Elle se leva et rassembla ses affaires.

— À présent, dites-moi, Mr Rios, en toute sincérité, si nous allons au tribunal, quelles sont nos chances de gagner ?

— Laissez-moi vous répondre en avocat. Je dirai que nous avons deux chances : une très grande, et une petite.

Elle laissa échapper un sinistre rire de gorge qui résonnait encore dans la pièce après son départ.

Le lendemain matin, je me rendis au greffe de la cour supérieure, rédigeai un chèque que je remis avec une liasse de documents à une jeune femme noire, entreprenant ainsi les premières démarches du procès *Paris contre Paris*. Avec la plainte et l'assignation, je remplis une demande de documents et une injonction réclamant le gel de la succession de Robert Paris jusqu'à l'issue du procès.

Au même moment, un coursier payé avec l'argent de Mrs Paris apportait des copies de ces documents chez Grayson, Graves & Miller, exécuteurs testamentaires de la succession du juge.

La greffière apposa son cachet sur les copies des papiers et me les rendit en me souhaitant une bonne journée. Je la remerciai et sortis dans le hall sous les feux des caméras de télévision.

— Monsieur, par ici, je vous prie ! s'écria une voix.

Je me tournai vers le projecteur. Un jeune homme blond en costume gris expliquait au micro que je venais d'intenter un procès demandant deux cent cinquante millions de dollars à la succession Robert Paris au motif que le juge avait assassiné son petit-fils. Il parlait d'un ton calme et normal, mais j'avais l'impression qu'il était en train de hurler ces mots à la face du monde, depuis des haut-parleurs juchés au sommet de la pyramide du Transamerica.

Enfin, se présentant comme Greg Miller, le jeune homme se tourna vers moi et demanda :

— Mr Rios, pourquoi avoir intenté ce procès plutôt que d'être allé trouver la police ?

Je m'éclaircis la voix et racontai toute l'histoire.

Quand je me réveillai le lendemain matin, le téléphone sonnait déjà. Je laissai le répondeur prendre le message pendant que je me levais pour aller préparer du café dans la cuisine. C'était un reporter du *L.A. Times* qui sollicitait une interview.

Je m'étais couché à 3 heures du matin, après avoir passé la journée à parler aux envoyés des journaux et chaînes de télévision, de Sacramento à Bakersfield. J'enfilai un peignoir et sortis prendre le *Chronicle* et le journal local. Je faisais la une des deux. Je jetai un coup d'œil aux articles : c'était l'habituel mélange de faits et de délires, mais l'angle penchait nettement en ma faveur.

Je feuilletai le reste du *Chronicle*. À l'avant-dernière page, dans la section mondaine, je vis une photo de John Smith, prise à son arrivée au *Fairmont*, où il assistait à une soirée de bienfaisance. D'après son expression, il avait l'habitude qu'on le photographie, mais il n'appréciait guère. Il se détournait de la caméra, le regard et l'esprit visiblement occupés par autre chose. J'avais ma petite idée sur la question.

Je refermai le journal et allai à la fenêtre. Le ciel était nuageux. Des grappes de feuilles rouges et jaunes s'agitaient dans les branches comme des fanions. J'avais beaucoup à faire, aujourd'hui.

Grant m'attendait pour déjeuner afin de tracer les grandes lignes de notre stratégie. Il faudrait répondre aux messages du répondeur. J'allais devoir engager une secrétaire et faire installer le téléphone à mon bureau. Brusquement, j'étais redevenu un avocat en exercice. Une sensation fort agréable.

Je rinçai ma tasse et retournai dans ma chambre enfiler mon jogging et mes chaussures de sport. Je m'étirai dans le salon quelques minutes, puis je sortis. Il était environ 7 heures et les rues étaient encore désertes. Un jeune Chinois me dépassa en courant d'un pas léger de ses longues jambes maigres, ses cheveux noirs flottant sur sa nuque comme de la soie. Nous nous saluâmes d'un signe de tête.

Je n'avais pas couru depuis un moment et il me fallut un peu plus de temps que d'habitude pour retrouver mon allure. Je fis rouler ma tête d'avant en arrière pour me détendre le cou. C'est alors que je repérai la Rolls argentée.

Elle avançait à quelques mètres derrière moi, trop lentement et sans vraiment sembler savoir où elle allait. Je pressai le pas, tournai à la rue suivante et jetai un coup d'œil en arrière : elle me suivait toujours. Brusquement, elle accéléra, tourna à son tour, me dépassa et s'arrêta devant moi. Je ralentis. La vitre côté passager se baissa silencieusement. Je sentis une bouffée de chaleur qui n'était pas due à l'effort, mais à la peur. Je m'arrêtai. Le seul occupant de la voiture était son chauffeur. Un homme entre deux âges, avec des cheveux argent, un costume noir, une chemise blanche, une cravate noire et une casquette à visière noire. Il se tourna vers moi.

— Mr Rios ? m'appela-t-il. Pardonnez-moi si je vous ai fait peur.

Je m'approchai prudemment pour parler sans hausser la voix.

— Comment savez-vous qui je suis ?

— Votre photo est dans les journaux. Mr Smith aurait souhaité vous voir.

— John Smith ?

Il hocha la tête.

— Maintenant ?

— Oui, monsieur.

Je le regardai. Il semblait inoffensif, mais je ne voyais que son buste.

— Et où Mr Smith propose-t-il qu'ait lieu le rendez-vous ?

— Il vous attend au Linden Museum sur le campus.

— Descendez de voiture, je vous prie, et passez de mon côté.

— Pardon ?

— S'il vous plaît.

Il ouvrit la portière en soupirant et descendit. Quand il m'eut rejoint, je lui demandai de me tourner le dos, poser les mains sur le toit de la voiture et écarter les jambes.

— Est-ce bien nécessaire ? demanda-t-il alors que je le fouillais.

— Ne le prenez pas mal, mais la dernière

fois que je me suis retrouvé dans un lieu fermé avec l'un des employés de Mr Smith, il a braqué un revolver sur moi.

— Je ne suis pas armé.

— C'est ce que je constate, dis-je en le retournant. En revanche, vous faites dix kilos de plus que moi et j'ai l'impression que c'est du muscle. Savez-vous vous repérer par rapport au musée ?

— Oui.

Je jetai un coup d'œil dans la voiture et vis que la clé de contact était restée en place.

— Dans ce cas, vous n'aurez aucune peine à vous y rendre à pied.

— Enfin, Mr Rios... commença-t-il.

— Écoutez, soit je me rends seul en voiture au musée, soit je n'y vais pas du tout. C'est clair ?

— Très clair, répondit-il après un silence. Mais faites attention à la voiture.

— Il paraît que ça se conduit tout seul, déclarai-je en montant.

Je calculai qu'il faudrait au moins une demi-heure au chauffeur pour retourner au campus. Smith, ou celui qui l'envoyait, n'avait probablement aucune certitude que j'accepterais de venir, encore moins à quelle heure, mais il commencerait à s'inquiéter s'il n'avait aucune nouvelle du chauffeur au bout d'un moment. Je pouvais arriver au campus en dix minutes, environ un quart d'heure avant qu'on s'agite. Ce quart d'heure suffisait amplement pour le plan qui me venait à présent à l'esprit.

Je m'arrêtai. Quand je redémarrai dix minutes plus tard, je remarquai la camionnette blanche derrière moi. Je me mis à siffloter. La camionnette fit un appel de phares. Je me détendis.

Je passai l'arche de pierre et pris Palm Drive. Juste avant la pelouse ovale qui s'étendait devant l'Old Quad, je pris une petite rue tortueuse appelée Museum Way. D'un coup d'œil au rétroviseur, je vis que la camionnette avait disparu. Je suivis la ruelle sur une centaine de mètres jusqu'à un cul de sac au pied des marches d'un bâtiment en pierre, le Grover Linden Museum of Fine Arts. Je me garai et descendis.

L'édifice, que l'on disait inspiré par Saint-Pierre de Rome, se composait d'un bâtiment central surmonté d'un dôme et de deux ailes. Durant mes années d'étudiant, j'étais parfois venu lire ici, car c'était un endroit du campus particulièrement calme. En ce moment, il était tout à fait désert, tandis que je montais les marches jusqu'à la porte où était posté un garde de l'université. Derrière lui, les horaires affichés indiquaient que le musée était fermé le mardi. Et nous étions un mardi.

— Mr Rios ?

— C'est moi.

— Entrez, monsieur. Mr Smith est au premier, dans la galerie de famille. Vous savez où elle se trouve ?

— Oui.

Les entrailles du monstre étaient étonnamment pleines de grâce. Le soleil inondait l'entrée par la verrière du dôme. Un bel escalier conduisait depuis le milieu de la pièce jusqu'aux étages supérieurs. De là, des balcons donnaient sur les ailes du bâtiment. Escaliers et murs étaient en marbre blanc, avec une balustrade en chêne ciré et en bronze. Tout ce blanc et ces scintillements me donnaient l'impression d'être à l'intérieur d'une pièce montée.

Je montai jusqu'au premier et pris à droite. Au-dessus de l'entrée de la galerie étaient gravés les mots : COLLECTION FAMILIALE LINDEN. De part et d'autre de l'entrée étaient postés des vigiles armés qui ne portaient pas l'uniforme de l'université. Je passai entre eux et pénétrai dans la salle.

La galerie de famille était une longue pièce rectangulaire. Six hautes fenêtres donnaient d'un côté sur un jardin. Sur le mur d'en face étaient accrochés des tableaux représentant les différents bâtiments de l'université à l'époque de sa fondation. Une dizaine de vitrines exposaient également des reliques comme les lunettes de Grover Linden, le rosaire de Mrs Linden et une collection de poupées ayant appartenu à leur fille unique.

Je passai devant ces trésors pour gagner le

bout de la salle. C'est là qu'était accrochée la seule œuvre connue de la galerie, un portrait de deux mètres de Grover Linden, peint par John Singer Sargent. Dessous, assis sur un banc de bois, attendait un vieil homme : John Smith.

En dehors de nous, la salle était déserte et seul résonnait le crissement de mes chaussures de sport sur les dalles de marbre.

Smith se leva à mon approche. Avec son mètre quatre-vingt-treize, il me dépassait presque d'une tête, mais il était mince et frêle. La lumière tremblotante qui tombait sur son visage le rendait incolore. Même ses yeux étaient délavés et étrangement sans vie, comme s'ils s'étaient déjà fermés sur ce monde.

La main froide et décharnée qu'il me tendit serra mollement la mienne avec indifférence. Pourtant, j'y sentis toute son autorité. Il se rassit et me fit signe de prendre place à ses côtés. J'obéis. De l'autre côté, les gardes se postèrent à l'entrée. Je sentis leur regard posé sur nous.

— Merci d'être venu, dit Smith d'une voix étonnamment ferme.

Il insistait sur les voyelles à la manière de Franklin Roosevelt. L'accent des fortunes du passé.

— Je vous en prie. Bien que ce soit un étrange endroit pour une rencontre.

— Mes avocats m'ont conseillé de ne pas vous contacter, puisqu'il est probable que je sois impliqué dans ce procès que vous intentez, mais je tenais à vous parler.

— Dois-je déduire que nous nous voyons en cachette de vos avocats ?

— Absolument.

Nous regardâmes les poussières danser dans la lumière.

— Vous savez, je ne suis pas venu dans ce musée depuis son ouverture, il y a soixante ans. Bien sûr, je n'étais qu'un enfant, à l'époque. Mais pendant des années, j'ai rêvé de ce portrait de mon grand-père.

— Il est ressemblant ?

— Il frôle l'excès de tact, dit-il avec un faible sourire avant de se racler discrètement la gorge. À présent, Mr Rios, peut-être pourrions parler de nos affaires.

— C'est-à-dire ?

— Ce... procès. Combien m'en coûtera-t-il de vous convaincre d'y renoncer ?

— Eh bien, pour commencer, si vous m'expliquiez pourquoi vous formulez une telle demande ?

— La bonne réputation de ma famille.

— Robert Paris n'en faisait partie que par alliance. Et d'après ce que je sais, vous n'étiez pas très amis. En outre, selon mes informations, il n'est pas seulement responsable du meurtre de Hugh, mais aussi de celui de votre sœur, Christina, et de votre neveu, Jeremy.

— Selon vos informations, répéta Smith

avec un rien de mépris. Êtes-vous donc si sûr qu'elles soient correctes ?

— Tout à fait. Vous ne le croyez pas ?

— Pour ma sœur et mon neveu, déclara-t-il en se levant, oui. Quant à Hugh...

Il haussa légèrement les épaules et s'approcha d'une fenêtre. Je me levai et le suivis.

— Depuis combien de temps étiez-vous au courant concernant Christina et Jeremy ? demandai-je.

— Vingt ans. John Howard est venu me voir après ce qui leur est arrivé et m'a apporté les testaments. J'ai fait mener une enquête sur l'accident et l'enquête du coroner. Mes hommes ont découvert que l'accident avait été organisé et l'enquête demandée afin de conclure aux décès simultanés. Ce n'était pas difficile : Robert était un assassin incompétent et a laissé assez de preuves pour finir à la chambre à gaz, mais elles étaient éparpillées dans une demi-douzaine de juridictions différentes et la police était encore plus incompétente que lui.

— Mais vous déteniez ces preuves. Pourquoi ne pas en avoir usé contre lui ?

Il me regarda froidement, comme s'il venait de juger que je n'étais pas aussi brillant qu'on avait voulu le lui faire croire.

— Je m'en suis servi, Mr Rios.

— Pas en allant voir la police.

— Non, dit-il en posant l'index sur le rebord de la fenêtre. Mes enquêteurs ont obtenu ces preuves d'une manière fort expéditive, poursuivit-il avec un sourire de conspirateur. Leurs méthodes n'étant pas celles de la police, mes avocats m'ont fait savoir que Robert serait en mesure d'en écarter la plupart et d'affaiblir le dossier que nous avions contre lui, peut-être même définitivement.

— Cependant, insistai-je, ça valait la peine d'essayer.

— Vous ne comprenez pas, s'agaça-t-il. Il y avait des enjeux autrement plus importants.

— Qui dépassaient la justice due aux morts ?

Il haussa un sourcil.

— On m'avait dit que vous aviez toute l'éloquence d'un avocat.

Ce n'était pas à prendre comme un compliment.

— Vous parliez d'enjeux plus importants.

— Oui, il fallait penser à l'argent, à la succession de Christina, qui représentait une moitié de la fortune de mon grand-père. Elle était tombée entre les mains de Robert. Robert avait bien des défauts, mais il s'y entendait en finances. J'ai dû envisager ce qui arriverait à cet argent si Robert était écarté.

— Il serait revenu à ses héritiers légitimes.

— Qui, à l'époque, étaient mon aliéné de neveu, Nicholas, et son fils de dix ans, Hugh.

— Pourquoi n'auriez-vous pas pu vous nommer tuteur légal ?

— Parce que quelqu'un pouvait bien plus légitimement prétendre à cette fonction.

— Qui ?

— Mais votre cliente, Mr Rios, ricana Smith. Katherine Paris.

— Ah.

— Katherine Paris, répéta-t-il d'un ton méprisant. Ecrivaine.

Le mot résumait tout.

— Elle n'avait aucune notion de l'argent.

— Alors que le juge y était expert.

— En outre, j'avais sur lui des moyens de pression.

— Vous vous êtes servi des preuves amassées contre lui pour le faire chanter.

Smith regarda par la fenêtre. Quelques roses tardives s'accrochaient avec ténacité à la vie. Peut-être étaient-ce celles qui portaient son nom.

— Oui, dit-il d'un ton de défi. Oui.

— Et qu'avez-vous obtenu en échange ?

— Un accord.

Il commença à arpenter la salle. Je le suivis.

— À la mort de Robert, tous ses biens devaient revenir à la Fondation Linden, dont je suis le président. En attendant, ses affaires étaient contrôlées par mes avocats. Il ne pouvait investir ou dépenser un sou sans mon approbation.

— Et dans le cas contraire ?

— Mes avocats auraient fait en sorte

qu'une procédure criminelle soit lancée contre lui dès l'instant où il oubliait notre accord.

— Et en dehors de vos avocats, qui était au courant ?

— Les siens, bien entendu.

Grayson, Graves & Miller. Le cabinet d'Aaron. Tout au fond de mon esprit, quelque chose se mit en place, mais c'était encore trop loin pour que je puisse l'identifier.

— Vous voyez donc que ce chantage — c'est vous qui employez le terme, pas moi — était un mal nécessaire.

— Votre point fort, on dirait.

— C'était un coup bas, Mr Rios, indiqua-t-il en s'arrêtant devant le tableau représentant la première faculté de droit.

— Tout à l'heure, vous m'avez dit que j'avais vu juste concernant les meurtres de Christina et Jeremy, mais pas celui de Hugh. Que vouliez-vous dire ?

Le peu de couleur qui restait sur son visage disparut complètement.

— Robert Paris n'a pas fait assassiner Hugh.

— Vous voulez dire que Peter Barron a agi de son propre chef ?

— Non.

J'allais répondre quand, fixant son visage anguleux de vieillard, aux os si saillants qu'on aurait dit un squelette de crâne, je me rendis compte que je regardais l'assassin de Hugh.

— C'est vous. Robert Paris était à votre merci. Il n'aurait pu engager un assassin alors que vous contrôliez son argent. Sauf si vous étiez d'accord.

Il se détourna.

— Et bien entendu, vous avez accepté. Vous aviez autant à perdre, sinon plus que Robert Paris, au cas où les meurtres auraient été révélés. Vous saviez que Paris avait tué son épouse et son fils, et que Hugh était l'héritier légitime de la part de la fortune des Linden revenant au juge. Pendant vingt ans, vous avez couvert ces meurtres et privé Hugh de son héritage.

J'avançai vers lui, il recula d'un pas.

— Mais Hugh, croyant que vous l'aideriez, est venu vous trouver. Vous lui avez loué cette maison pour pouvoir le surveiller. Il vous faisait confiance. Vous l'avez trahi.

Les deux gardes étaient venus rejoindre Smith, la main sur leur revolver. Je m'arrêtai. Smith se tourna vers eux et leur ordonna de s'en aller. Ils s'éloignèrent.

— Hugh détestait son grand-père, c'en était presque une psychose, dit Smith. Et il savait que je n'aimais pas Robert.

Il eut un sourire amer.

— Voyez-vous, Mr Rios, j'avais fait un pacte avec le diable, mais je n'ai jamais réussi à apprécier sa compagnie.

— Ça ne change rien.

— Peut-être pas. Cependant, j'ai encouragé la haine que nourrissait Hugh pour son grand-père. En partie, sans doute, pour détourner les soupçons de moi, mais aussi parce que Hugh exprimait la haine que j'éprouvais pour Robert Paris, l'assassin de ma sœur, celui de mon neveu.

— Mais vous lui avez emboîté le pas.

— Oui, je m'en rends bien compte à présent, mais à l'époque, j'étais aveugle. Nos mobiles disparaissent toujours dans le brouillard des raisons que nous nous donnons. Ayant découvert la vérité sur les meurtres, Hugh pensait que je l'aiderais à dénoncer son grand-père. Si je refusais de l'aider, il en serait venu à me soupçonner, peut-être même à deviner ma complicité. Mais je ne pouvais guère accepter qu'il dénonce Robert sans en être moi aussi victime.

— Lui avez-vous dit le rôle que vous aviez joué en dissimulant la vérité ?

— Oui.

— Et il est devenu enragé.

— Oui.

— Il a menacé de vous dénoncer vous aussi.

— Oui.

— Vous l'avez donc fait tuer.

— Oui.

Smith porta la main à sa gorge, comme pour se protéger. Brusquement, j'entrevis la scène qui avait eu lieu entre Hugh et lui quand il avait dévoilé son rôle. Hugh avait dû réagir comme un fou et agresser son grand-oncle. D'une certaine manière, cela avait peut-être facilité la tâche à Smith de considérer Hugh comme un fou prêt à mener la famille à la ruine et à l'opprobre. Smith avait cru servir un but légitime en faisant tuer Hugh, alors qu'il n'avait été que l'agent de Robert Paris.

Smith et moi nous faisions désormais face, tendus dans la pénombre, à quelques pas.

— Ce n'est pas tout. Vous avez fait tuer Hugh par Peter Barron. Mais où est Peter Barron ?

— Mort, murmura le vieil homme.

— Sa vie en échange de celle de Hugh ?

— Trouvez-vous trop dure cette mesure de justice ?

— Oui, de mon point de vue, surtout si vous ajoutez la mort d'Aaron Gold dans la balance.

— Ce n'était pas prévu. Mr Gold travaillait pour le cabinet qui gérait les affaires personnelles de Robert. Peu après la mort de Hugh, le *partner* qui collaborait le plus souvent avec Robert a découvert la disparition de certains documents prouvant jusqu'à quel point je contrôlais toutes les transactions de Robert. Manquaient également d'autres papiers, dont les lettres écrites par Hugh à son grand-père. Il a donc mené discrètement l'enquête. Les documents ont été retrouvés chez Mr Gold et les lettres, comme vous le savez, dans votre appartement.

— Aaron avait découvert que ce n'était pas Paris qui contrôlait ses affaires, mais vous. Et il a donc déduit que c'était vous et non Paris qui étiez derrière le meurtre de Hugh.

— Quelque chose comme cela. Personne n'a jamais eu l'occasion de parler à Mr Gold.

— Vous aviez tout fait pour cela.

— Non, répéta-t-il d'un ton las. C'est Peter Barron qui a agi seul. Il m'a expliqué être allé voir Mr Gold, qu'ils s'étaient battus et que le coup était parti tout seul.

— Il n'y a pas eu lutte. Aaron a été abattu alors qu'il était en train de se saouler assis dans son fauteuil.

— Je n'ai pas cru Barron, étant donné qu'il avait ses raisons de vouloir garder secrète l'identité du meurtrier de Hugh.

— C'était lui.

— Oui. Vous savez donc tout, à présent, et je répète ma question : combien m'en coûtera-t-il de vous convaincre de renoncer au procès ?

— Cela n'a jamais été une question d'argent. Je veux un aveu de culpabilité. Devant un tribunal et que ce soit rendu public. Je veux que la loi suive son cours. Que personne n'achète le silence ni ne couvre rien.

— Mes avocats avaient raison, je n'aurais

pas dû vous parler, dit Smith. Pourtant, je ne le regrette pas.

Il rentra la tête dans les épaules comme s'il avait brusquement froid.

— Je ne suis pas un homme mauvais, ou du moins, je suis encore capable d'apprécier un geste honorable. Je reconnais tout votre dévouement pour Hugh, Mr Rios, mais vous devez comprendre que moi aussi, je veux que la loi suive son cours et que je vous combattrai avec toutes les ressources à ma disposition.

— J'en suis conscient, mais j'ai pour moi deux avantages dont vous êtes privé.

— Lesquels ?

— Le temps. Et la justice.

Un sourire spectral passa sur les lèvres fanées de Smith.

— Au revoir, Mr Rios. Et bonne chance.

Il tourna les talons et remonta à grandes enjambées la galerie. Les deux gardes lui emboîtèrent le pas. J'attendis un moment, puis je sortis à mon tour. J'arrivai en haut du perron au moment où la Rolls argentée disparaissait dans la forêt. Je descendis les marches en courant.

Retournant le col de mon sweat-shirt, je parlai dans le petit disque métallique qui y était fixé.

— Il est parti. J'espère que vous avez tout.

Un instant plus tard, la camionnette blanche surgissait de derrière le musée. La porte côté passager coulissa et Terry Ormes descendit, suivie de Sonny Patterson. Terry avait tenu à ce que je porte un micro au cas où un piège me serait tendu, afin que la police puisse intervenir. Ni l'un ni l'autre ne nous attendions à cette conversation. Patterson avait accepté à la dernière minute, au cas où quelque chose d'intéressant serait dit. Il me rejoignit avec l'expression de celui qui en a eu pour son compte.

— Votre petit discours sur le temps et la justice devrait bien donner devant le grand jury.

— Vous avez enregistré ?

— En totalité.

— Il y aura donc un grand jury.

— Vous pouvez y compter, et s'il ne conclut pas à une condamnation, je rends mon tablier.

— Beau travail, Henry, me félicita Terry en nous rejoignant.

— Je ne m'attendais pas exactement à ce que cela se passe ainsi.

— Je suppose que vous allez modifier les termes de votre plainte pour que Smith soit l'accusé, dit Patterson.

— Vous vouliez que ce soit Robert Paris, n'est-ce pas ? demanda Terry.

— Oui.

— Pourquoi ?

— Smith est autant une victime que Hugh. C'était un homme plutôt bon qui a préféré l'opportunisme à la justice la seule fois où le choix avait de l'importance. Mais Robert Paris était le mal. J'ai pitié de Smith.

Patterson me considéra dédaigneusement.

— Cette vieille mentalité de défenseur public. Selon laquelle les gens ne commettent pas de crimes, c'est la société qui est coupable. Vous connaissez le latin ?

Je fis non de la tête.

— *Durum hoc est sed ita lex scripta est* : c'est dur, mais c'est ainsi qu'est écrite la loi.

— D'où est-ce tiré ?

— Du Code de Justinien. La citation était gravée au-dessus de l'entrée de la bibliothèque de ma faculté de droit — qui n'était pas aussi célèbre que celle d'ici, mais ceux d'entre nous qui y sont allés étaient affamés de justice.

Il tourna les talons et s'éloigna.

Terry et moi nous dévisageâmes. Ce que voulait Patterson était clair : un procès équitable et un verdict de culpabilité. Mes raisons personnelles étaient désespérément confuses : ma faim n'avait jamais été aussi simple que celle de Sonny.

— Peut-être, dis-je à Terry, que je n'ai jamais voulu la justice, mais simplement exprimer mon chagrin pour Hugh.

— Le chagrin est la moitié de la justice, conclut-elle, avant d'ajouter après un silence : l'autre moitié, c'est l'espoir.

IMPRIMÉ EN ESPAGNE PAR LIBERDÚPLEX
Barcelone
Dépôt légal : 45462 - 04/2004
ISBN : 2 - 7024 - 3150 - X
Édition: 01